टूटी शाख का पंछी

टूटी शाख का पंछी

राज ऋषि शर्मा

राजर्षि प्रकाशन

नागवनी रोड, जम्मू

राजर्षि प्रकाशन
नागवनी रोड, जम्मू

राज ऋषि शर्मा

टूटी शाख का पंछी

शालिनी ! शालिनी बहन, इस रचना की एक पात्र हैं। यह रचना पूर्णतया काल्पनिक है, किंतु इसे सत्य भी कहा जा सकता है। सत्य इसलिए कि ऐसा भी होता है और काल्पनिक इसलिए कि ऐसा इस कहानी के पात्रों के साथ ही हुआ है। यदि सत्य कहीं हुआ है, तो उसका इस कहानी से कोई संबंध नहीं।

शालिनी बहन का जीवन भी कुछ ऐसा ही रहा है, जैसा कि शायद होना नहीं चाहिए था या होना चाहिए था। शालिनी एक संवेदनशील और आध्यात्मिक प्रकृति की युवती हैं। 'युवती' इसलिए कहा जा रहा है कि उन्होंने अभी तक शादी नहीं की है। क्यों नहीं की है, यह एक भिन्न कथानक हो सकता है, जिसका वर्णन आगे चलकर इस व्याख्या में किया जा सकता है। फिलहाल, उनके वर्तमान की ही बात की जा रही है।

शालिनी अपनी भव्य सुसज्जित हवेली में बैठी हुई थी। भला, इस हवेली में उसे किस सुविधा की कमी थी? संक्षेप में कहा जाए तो दुनिया भर की हर वस्तु, जिससे किसी भी व्यक्ति को चाह हो सकती है, उसके पास थी।

उसे एक आध्यात्मिक युवती कहने की अपेक्षा धार्मिक प्रकृति की युवती कहना अधिक उचित होगा, क्योंकि वह धार्मिक कार्यक्रमों में बढ़-चढ़कर भाग लिया करती थी, बल्कि यूं कहा जा सकता है कि बहुत से धार्मिक कार्यक्रमों में उसकी उपस्थिति अनिवार्य थी और यह उसकी ही उपस्थिति से पूर्ण होते थे। घरों में होने वाले सत्संगों से लेकर कोई भी धार्मिक या सामाजिक कार्यक्रम हो, उसमें उसका धार्मिक प्रवचन अवश्य ही हुआ करता

था।

बचपन में उसका नाम शालिनी था लेकिन घर, परिवार, और पड़ोस में उसे परिचितों द्वारा शालू के नाम से ही बुलाया जाता था। फिर जैसे-जैसे उसकी धार्मिक अभिरुचि आसपास प्रकट होती गई, लोगों में उसका परोपकार और योगदान बढ़ता गया, लोग उसे स्नेहवश 'शालिनी बहन' के नाम से बुलाने लगे।

शालिनी अपने कमरे में बैठी हुई ना जाने किन विचारों में खोई हुई थी, कि सहसा एक नौकर ने आकर उसे सूचना दी, "शालिनी बहन जी ! आपसे कोई युवक मिलने आया है। उसका कहना है कि वह आपके पैतृक गांव से आया है और वह आपके परिवार का ही सदस्य है।"

"क्या नाम है उसका?"

"नवीन ! नवीन भारद्वाज बताया है उसने, शालिनी बहन जी।"

"हां ! वह हमारे गांव से ही है। उसे भीतर ले आओ।"

"जी !" कहकर नौकर चला गया और जब तक वह वापस आता, शालिनी फिर से किन्हीं विचारों में तल्लीन हो गई।

अभी-अभी उसने टीवी वालों का साक्षात्कार देकर उन्हें विदा किया था और अपने कमरे में वापस आकर आराम करने लगी थी।

वैसे आज दिन में उसका कोई निश्चित कार्यक्रम नहीं था। शाम के समय ही उसे एक धार्मिक कार्यक्रम में आमंत्रित किया गया था, वहां जाकर उसे अपना प्रवचन देना था।

लेकिन नवीन का नाम सुनते ही उसे ऐसा लगा, मानो उसका पूरा बचपन फिर से सजीव होकर उसके सामने प्रकट हो गया हो। बचपन की तमाम छोटी-बड़ी घटना उसके मस्तिष्क के चित्रपट पर उभरने लगी। नवीन का मासूम और भोला भाला चेहरा उसकी स्मृतियों में फिर से जीवंत हो

गया।

एक पल के लिए उसके होंठों पर स्निग्ध सी मुस्कान तैर गई, जैसे बचपन की वह मासूमियत और स्नेह अब भी उसकी स्मृतियों में संजोया हुआ हो।

इससे पहले कि शालिनी अपनी बचपन की यादों में और गहराई तक खो जाती, सहसा नवीन ने द्वार पर दस्तक दी।

'आ जाओ, नवी ! भीतर आ जाओ,' शालिनी ने नवीन की उपस्थिति का अनुभव करते हुए कहा।

तभी द्वार खुला, और नवीन उसके सामने प्रकट हो गया। शालिनी को सामने बैठा देखकर वह भीतर आ गया। उसे देखते ही शालिनी का चेहरा खिल उठा। खिलता भी क्यों न ! बचपन की यादें और प्रिय मित्रों की उपस्थिति किसी के भी मन को प्रफुल्लित कर सकती हैं। शालिनी ने मुस्कराते हुए उसका स्वागत किया और कहा, "कैसे हो, नवी?"

"ठीक हूँ," नवीन ने संक्षिप्त उत्तर दिया।

इसके पश्चात क्षणभर के लिए उनके मध्य खामोशी सी व्याप्त हो गई। शालिनी ने ही इसे भंग किया, "अभी गांव से ही आ रहे हो?"

"हाँ ! लेकिन अब वो गांव कहाँ रहा, अब तो शहर बन गया है।"

"हाँ ! समय बहुत तेजी से परिवर्तित हो रहा है।"

"वहाँ सब लोग ठीक हैं?"

इतने में नौकर उनके लिए खाने-पीने की कुछ सामग्री ले आया और उसे बिलोरी कांच की चमचमाती मेज पर रख दिया।

"और कुछ लाना है, शालिनी बहन?"

"अभी नहीं ! जब लाना होगा, तब कह देंगे," शालिनी ने नौकर को जाने का संकेत किया और फिर नवीन से पूछा, "नवी ! दोपहर का खाना मेरे साथ ही करो। वैसे भी बहुत देर पश्चात मिले हैं, हमारे बचपन के मित्र !"

कहकर शालिनी एक बार फिर से मुस्कुरा दी। प्रतिउत्तर में नवीन भी मुस्कुरा दिया।

"नवी ! आजकल तुम क्या कर रहे हो ? शादी कर ली या नहीं ? हमें तो याद भी नहीं किया?"

इस बार नवीन ने कोई उत्तर नहीं दिया, अपनी दृष्टि झुका ली। उसकी आँखें शालू के मुंह से ऐसी बात सुनकर भर आई थीं। होठों से कोई शब्द नहीं निकल सके। वैसे भी जब आँखें भर आई हों, तो होठों को चुप रहना ही पड़ता है।

"कोई बात नहीं ! नहीं बुलाया तो। हम ऐसे ही किसी दिन तुम्हारे घर आ जायेंगे, बिन बुलाये ही।" नवीन की पीड़ा से अनविज्ञ मुस्कुराते हुए शालिनी ने कहा।

"आप ने भी तो शादी नहीं की।" नवीन ने झुकी हुई दृष्टि में अपने आंसुओं को समेटते हुए कहा, और शालिनी की ओर देखते हुए मुस्कुरा दिया।

"मेरे जीवन के विषय में तुम जानते ही हो। मैंने अपने बचपन में ही निर्णय ले लिया था कि मैं जीवन में कभी भी शादी नहीं करुंगी। मैंने अपना समस्त जीवन ईश्वर भक्ति और धार्मिक कार्यों में समर्पित करने का निश्चय कर लिया था, "शालिनी ने दूर कहीं शून्य में निहारते हुए कहा।

"मैंने भी कुछ ऐसा ही निर्णय ले लिया था,"नवीन ने भी सामान्य भाव से उत्तर दिया।

नवीन के उत्तर से शालिनी पर क्या प्रभाव पड़ा, यह तो नहीं कहा जा सकता, लेकिन वह गंभीर अवश्य हो गई। कुछ क्षण चुप रहने के पश्चात उसी मुद्रा में उसने कहा, "इस प्रकार से जीवन यापन तो नहीं किया जा सकता।"

"आप भी तो कर रही हैं।" वह मुस्कुराते हुए नवीन ने कहा।

कैसी विचित्र बात थी। समय का प्रभाव था या परिस्थिति का? शालिनी उसे 'तुम' के अपनेपन से बुला रही थी और नवीन उसे 'आप' के बेगानेपन से बुला रहा था।

"मेरी बात भिन्न थी। मैंने बचपन से ही अपने लिए जीवन का यह मार्ग चुन लिया था, इसलिए इस पर चल पड़ी। लेकिन तुम्हें तो व्यवहारिक जीवन को अपनाना चाहिए ?"

"मैं तो एक टूटी शाख का पंछी हूं, जिसका अब ना ही तो कोई घोंसला है ना ही कोई ठिकाना।" नवीन ने निराशापूर्ण स्वर में कहा।

"नवी ! इस प्रकार निराशापूर्ण बातें नहीं की जातीं। मनुष्य की इच्छा शक्ति दृढ़ होनी चाहिए। घोंसला बन जाता है। ठिकाना भी बन जाता है। क्या तुमने देखा नहीं, पक्षियों के घोंसले कई बार उजड़ते हैं, कई बार उन्हें तूफान उखाड़ देता है, तो कई बार मनुष्य द्वारा ही तोड़ दिए जाते हैं। लेकिन पंछी फिर भी साहस का त्याग नहीं करते और फिर से इसका निर्माण करते हैं, पहले से भी अधिक मजबूत, पहले से भी अधिक सुरक्षित।"

"मनुष्य और एक पक्षी में शायद यही अंतर होता है।"

"लेकिन मनुष्य एक पक्षी से कम साधन संपन्न या कम शक्तिशाली तो नहीं होता।"

"आप पूर्णतया सही कह रही हैं, लेकिन मुझमें शायद अब वो साहस नहीं रहा, वो शक्ति नहीं रही। मुझ में अब अपने उजड़े हुए नीड़ को बनाने की सामर्थ्य नहीं है।"

"ऐसा कुछ भी नहीं है नवी ! गीता में श्री कृष्ण भगवान ने कहा भी है, **'दुर्लभो मानुषो देहो देहिनां क्षणभंगुरः'** अर्थात हमें यह जीवन अल्प समय के लिए मिला है और इस जीवन का एक प्रयोजन है। हम इस भूलोक में

किस उद्देश्य से आए हुए हैं, तुम भूलोक में व्यर्थ के जीवन यापन के लिए तो आए नहीं हो। जिस भी उद्देश्य के लिए आए हो, उसका स्मरण करो और अपने कर्तव्य का पालन करते रहो। **'मनुष्यः एव देवस्य निर्माता अस्ति'** अर्थात मनुष्य अपने भाग्य का निर्माता स्वयं है। हम इस भूलोक में किस उद्देश्य से आए हुए हैं, हमें अपने उद्देश्य को कभी भी विस्मृत नहीं करना चाहिए और हमेशा ही जनहित में अपने कर्तव्य को सर्वोपरि समझना चाहिए।" कह कर शालिनी चुप हो गई।

"आप पूर्णतया सही कह रही हैं, लेकिन यह सब इतना सरल भी तो नहीं है। अपने उद्देश्य को खोकर जी पाना कदापि सरल नहीं होता। यह बहुत ही कठिन होता है, बहुत ही दुखदायी।"

"सब सरल होता है। बस मनुष्य का हृदय पवित्र, लक्ष्य स्वार्थरहित और उद्देश्य स्पष्ट होना चाहिए।"

कहते हुए शालिनी चुप हो गई। कुछ क्षण के पश्चात उसने अपने नौकर को आवाज़ दी, "हरी...!"

हरी शीघ्र ही भीतर आ गया, "जी शालिनी बहन !"

"हरी ! दोपहर के खाने का प्रबंध कर देना। नवीन हमारे साथ ही खाना खाएंगे।" इसके पश्चात उसने नवीन से संबोधित होते हुए कहा, "नवी ! दोपहर के खाने के पश्चात तुम यहां पर आराम कर सकते हो। सायंकाल में मेरा टीवी का कार्यक्रम है। चाहो तो तुम भी मेरे साथ चल सकते हो। जहां दर्शकों में तुम्हारा विशेष स्थान आरक्षित रहेगा।"

नवीन शालिनी से इतनी देर पश्चात मिलकर बहुत प्रसन्न हुआ था, लेकिन इसके साथ ही इस समय वह अपने आप को कुछ हतोत्साहित भी महसूस कर रहा था, "नहीं शालिनी जी ! अब नहीं मैं रुक सकूंगा। मुझे रात की ही ट्रेन पकड़ कर वापस अपने गांव जाना है।"

"ठीक है, जैसी तुम्हारी इच्छा। वैसे भी कल मैं कुछ दिनों के कार्यक्रम के लिए महाराष्ट्र जा रही हूं।" चाहती तो शालिनी भी थी कि उसका बचपन का साथी नवीन, जो इतने दिनों पश्चात उस से मिला था, कुछ देर और उसके पास रहता, लेकिन उसकी भी अपनी कुछ सीमाएं थीं। उसके भीतर रह कर आचरण करना आवश्यकता भी थी और विवशता भी।

"हां, मेरी एक बात को अवश्य ही स्मरण रखना नवी ! जीवन में अपने दायित्वों का भलीभाँति निर्वाह करने के लिए शादी आवश्यक तो नहीं,लेकिन अपने सामाजिक दायित्वों को पूर्ण करने के लिए यह आवश्यक भी है। इसलिए शादी करो या न करो, लेकिन अगली बार जब भी मुझे मिलो, तो यूं उदास चेहरा लिए नहीं, बल्कि प्रफुल्लित मूड में मिलना। मुझे अपने बचपन का वह साथी चाहिए जो हमेशा ही प्रसन्न मूड में और खिला-खिला सा रहता था।"

प्रतिउत्तर में नवीन ने कुछ नहीं कहा, बस धीरे से मुस्कुरा कर रह गया।

(2)

'ब्रह्मलोक'! टी.वी. का लोकप्रिय धार्मिक चैनल ! यहाँ प्रत्येक सोमवार को शालिनी का लाइव कार्यक्रम प्रसारित होता था। इस कार्यक्रम में उच्च और निम्न वर्ग के लोग बड़ी संख्या में सम्मिलित होते थे। वे धार्मिक विषयों पर विभिन्न प्रकार के प्रश्न पूछते, जिनका शालिनी यथोचित और स्पष्ट उत्तर दिया करती थी। शालिनी का धार्मिक ज्ञान और उसके द्वारा लोगों की जिज्ञासाओं का समाधान इस प्रकार प्रभावी और स्पष्ट होता कि उसकी प्रसिद्धि दिन–प्रतिदिन बढ़ती जा रही थी, और वह विदेशों में भी पहचान बनाई जा रही थी।

नवीन भारद्वाज, शालिनी अर्थात शालू का बचपन का साथी था। इसलिए यहाँ उसे शालू ही कहना सुविधाजनक रहेगा। शालू की बचपन से ही धार्मिक ज्ञान में गहरी रुचि थी। इसी से वह अपनी बातों से सहज ही हर किसी को प्रभावित कर देती थी। यह सब उसके भीतर ईश्वर की दी हुई विशेष अनुकंपा जैसी प्रतीत होती थी।

जब भी वह किसी सत्संग या धार्मिक कार्यक्रम में भजन प्रस्तुत करती, तो वहाँ उपस्थित जनसमूह उसकी वाणी और सम्बोधन से मंत्रमुग्ध हो जाता था।

बचपन में जब सभी साथी आपस में मिलजुल कर खेला करते थे, तब भी शालू कभी–कभी गुमसुम होकर अपने विचारों में खो जाती थी और ऐसी बातें करने लगती थी, मानो सामने कोई बहुत बड़ा विद्वान बैठा हो और गहन वार्तालाप कर रहा हो।

शालू का यह रूप विशेषतया नवीन को बहुत अच्छा लगता था। कई बार तो वह ध्यान से शालू की बातें सुनता था, लेकिन कई बार वह स्वयं भी उससे प्रश्न कर अपनी जिज्ञासा का समाधान प्राप्त करने का प्रयास किया करता था।

बचपन से ही नवीन उसकी बातों और विचारों से बहुत प्रभावित था। शालिनी का प्रत्येक प्रवचन वह विशेष रूप से बहुत ध्यान से सुनता और उस पर मनन किया करता था।

शालू ने शादी नहीं की थी और अपने आपको पूर्णरूप से धर्म को अर्थात कहा जा सकता है कि ईश्वर को ही समर्पित कर दिया था। उसके परिवार वालों ने उसे बहुत समझाने और मनाने का प्रयास किया था कि वह शादी कर ले और अपने गृहस्थ जीवन को अपना ले, लेकिन उसने ऐसा न करने की ही सोच रखी था और ऐसा ही उसने किया भी।

यह बात बचपन की है, एक बार जब शालू अपने घर के आंगन में चबूतरे पर बैठी ध्यान मग्न थी। तभी एक संन्यासी महाराज की दृष्टि उस पर पड़ी। वह सहसा ही रुक गए और फिर घर में प्रवेश करके उन्होंने शालू के माता-पिता से कहा था, "यह बालिका कोई साधारण बालिका नहीं है। यह एक दिन बहुत बड़ी सन्यासी बनेगी। यह धर्म की बहुत बड़ी विदुषी होगी। इसका नाम देश में ही नहीं विदेश में भी फैलेगा। इसे कभी भी आप लोग किसी कार्य को करने से रोकने का प्रयास मत करना। ना ही कभी इसके मन को कभी दुखी करना। इसे रुष्ट करना अपने इष्ट को रुष्ट करने जैसा होगा। यह अपनी जीवन यात्रा का मार्ग स्वयं तय करेगी।"

यह सुनकर शालू के माता-पिता ने संन्यासी महाराज के सामने श्रद्धा से हाथ जोड़ लिए और उन्हें आदर सत्कार के साथ विदा किया था।

सन्यासी महाराज के कथन को शालू के माता-पिता ने पूर्णतया सही

माना और इसे गंभीरता से लिया। यही सोचकर उन्होंने अपनी हर इच्छा को दबा दिया और शालू की हर बात को सम्मान देते हुए पूर्ण करने का प्रयास किया। इस प्रकार, बचपन की शालू धीरे-धीरे युवा होने पर शालिनी बहन बन गईं।

इस समय वही शालू, अर्थात 'शालिनी बहन', टी.वी. की स्क्रीन पर उपस्थित हो गई थीं। नवीन के विचारों का सिलसिला कुछ पल के लिए थम गया।

कुछ देर तक सत्संग चलता रहा। शालिनी का स्वर अत्यधिक आकर्षक और मधुर था। उसे सुनने वाले श्रोता आत्मविभोर हो गए थे। इसके पश्चात श्रद्धालुओं के प्रश्न उत्तर का कार्यक्रम आरंभ हुआ, जो इस कार्यक्रम की नियमित दिनचर्या का एक विशेष भाग था। वहाँ उपस्थित जनसमूह से विभिन्न श्रोताओं ने अपनी जिज्ञासाओं का समाधान प्राप्त करने के लिए प्रश्न पूछना आरम्भ किये।

तभी, भीड़ में से एक व्यक्ति ने उठकर शालिनी से प्रश्न किया, "शालिनी बहन जी! आपने अपने जीवन में कई प्रकार के अनुभव किए होंगे। क्या आप अध्यात्म पर कुछ प्रकाश डाल सकती हैं कि वास्तव में अध्यात्म क्या है?"

शालिनी ने पलभर के लिए अपनी आँखें मूँद लीं और फिर गंभीर स्वर में बोलना आरम्भ किया, "आध्यात्मिकता एक ऐसी भावना है, जो हमें स्वयं को किसी उच्चतर शक्ति से जुड़ने के लिए प्रेरित करती है। यह जीवन में अर्थ की खोज का एक भाग है और इसके कई रूप हो सकते हैं, जैसे धार्मिक प्रथाएं, व्यक्तिगत विश्वास और दार्शनिक विचार।

यह संगठित धर्म से भिन्न है, क्योंकि इसमें कोई निश्चित नियम या अनुष्ठान नहीं होते हैं। उदाहरण के लिए, जब कोई व्यक्ति ध्यान करता है, तो

वह सिर्फ आराम ही नहीं कर रहा होता बल्कि, वह एक आध्यात्मिक अभ्यास कर रहा होता है। ध्यान से वह अपने भीतर और ब्रह्मांड के साथ एक गहरा संबंध स्थापित करता है, जिससे उसे शांति और स्पष्टता का अनुभव होता है। यह उसकी व्यक्तिगत यात्रा का भाग है, जिसमें वह भौतिक दुनिया से परे जाकर समझ और संबंध की खोज करता है।

आध्यात्मिकता का एक रूप प्रकृति में भी पाया जा सकता है। जब कोई व्यक्ति पहाड़ की चोटी पर खड़ा होता है, तो उसे जीवन और ब्रह्मांड के विषय में सोचने का अवसर मिलता है। यह अनुभव उसे कृतज्ञता और एकता का अहसास कराता है।

आध्यात्मिकता दयालुता और करुणा के कार्यों से भी प्रकट होती है। जब कोई व्यक्ति किसी स्थानीय संस्था में सेवा करता है, तो उसे उद्देश्य और संतोष की अनुभूति होती है। दूसरों की सहायता करके वह मानवता के अर्थ और उसकी गहराई को समझता है और समुदाय में एकता की भावना को बढ़ावा देता है।

संक्षेप में, आध्यात्मिकता एक व्यक्तिगत यात्रा है जो कई रूप ले सकती है। यह हमें अपने विश्वासों, मूल्यों और जीवन के गहरे अर्थों का पता लगाने के लिए प्रेरित करती है और हमारे मानव अनुभव को समृद्ध बनाती है।"

तभी, फिर एक और प्रश्न आया, "बहन जी ! हमें सनातन धर्म का अनुसरण करना चाहिए या अपने पारंपरिक धर्म का?"

यह प्रश्न एक बहस का विषय बन चुका है, क्योंकि हमारे समाज में विभिन्न मान्यताएं और धार्मिक प्रथाएं विद्यमान हैं। सनातन धर्म, जिसे आमतौर पर हिंदू धर्म के रूप में संदर्भित किया जाता है, केवल एक धर्म नहीं है, बल्कि यह एक जीवन शैली है। **सनातनः धर्मः न अपितु जीवनशैली अस्ति,** (*सनातन धर्म* न केवल एक धर्म है, बल्कि यह दर्शन, अनुष्ठान और

सांस्कृतिक प्रथाओं की एक विस्तृत श्रृंखला है) जो जीवन के हर पहलू को समाहित करती है।

धर्म, अपने पारंपरिक अर्थ में, विश्वास, प्रथाओं और नैतिक संहिताओं की एक संरचित प्रणाली है जो आमतौर पर उच्च शक्ति या देवता की पूजा के इर्द-गिर्द घूमती है। प्रत्येक धर्म के अपने सिद्धांत, अनुष्ठान और सामुदायिक प्रथाएँ होती हैं जो उसके अनुयायियों के जीवन का मार्गदर्शन करती हैं। कई लोगों के लिए, धर्म पहचान, अपनेपन और उद्देश्य की भावना प्रदान करता है। यह ब्रह्मांड और उसके भीतर हमारे स्थान को समझने के लिए एक रूपरेखा प्रदान करता है, जो आमतौर पर अस्तित्व, नैतिकता और परलोक के विषय में मौलिक प्रश्नों को संबोधित करता है।

दूसरी ओर, 'सनातन धर्म' का अर्थ है 'शाश्वत कर्तव्य' या 'शाश्वत व्यवस्था।' यह एक ऐसा शब्द है, जोकि हिंदू धर्म की दार्शनिक और आध्यात्मिक शिक्षाओं को समाहित करता है, जो एक सार्वभौमिक सार्वभौमिक सत्य के विचार पर जोर देता है, जो व्यक्तिगत धर्मों से परे है। सनातन धर्म की विशेषता इसकी समावेशिता है, जो इसके अंतर्गत कई तरह के विश्वासों और प्रथाओं को अनुमति देता है। यह अनुयायियों को ईश्वर को समझने के लिए अपने स्वयं के मार्ग खोजने के लिए प्रोत्साहित करता है, इस विचार को बढ़ावा देता है कि आध्यात्मिकता का अनुभव करने के कई तरीके हो सकते हैं।

व्यक्तिगत धर्मों और सनातन धर्म के मध्य के संबंध को परस्पर अनन्य के बजाय पूरक के रूप में देखा जा सकता है। हिंदू धर्म के भीतर विभिन्न संप्रदायों सहित कई धर्मों को सनातन के व्यापक सिद्धांतों की अभिव्यक्ति के रूप में देखा जा सकता है। उदाहरण के लिए, करुणा, सत्य और अहिंसा के मूल सिद्धांत कई धर्मों में प्रतिध्वनित होते हैं, जो सनातन धर्म द्वारा समर्थित

सार्वभौमिक मूल्यों को दर्शाते हैं।

जो लोग अपने विशिष्ट धर्म की संरचित शिक्षाओं में सांत्वना और शक्ति पाते हैं, उनके लिए उस मार्ग का अनुसरण करना दिशा की स्पष्ट समझ प्रदान कर सकता है। धार्मिक समुदाय आमतौर पर समर्थन, मार्गदर्शन और उद्देश्य की साझा भावना प्रदान करते हैं। अनुष्ठान और परंपरा किसी की विरासत और पूर्वजों के साथ गहरे संबंध को बढ़ावा दे सकती हैं, जिससे सांस्कृतिक पहचान का एक समृद्ध ताना-बाना बनता है।

इसके विपरीत, सनातन धर्म को अपनाने से आध्यात्मिकता की अधिक तरल और व्यक्तिगत खोज की अनुमति मिलती है। यह व्यक्तियों को हठधर्मिता की सीमाओं से परे प्रश्न करने, सीखने और पढ़ने के लिए प्रोत्साहित करता है। यह दृष्टिकोण स्वयं और ब्रह्मांड की अधिक गहन समझ की ओर ले जा सकता है, क्योंकि यह इस विचार को बढ़ावा देता है कि सत्य को विभिन्न रूपों और प्रथाओं में पाया जा सकता है।

अंतत:, किसी विशिष्ट धर्म का पालन करने या सनातन धर्म के व्यापक सिद्धांतों को अपनाने के मध्य का चुनाव एक व्यक्तिगत मामला है। यह पहचानना आवश्यक है कि दोनों मार्ग विकास के लिए मूल्यवान अंतर्दृष्टि और अवसर प्रदान करते हैं। व्यक्तियों को लग सकता है कि दोनों दृष्टिकोणों का संयोजन उनकी आध्यात्मिक यात्रा को समृद्ध बनाता है, जिससे उन्हें अपनी धार्मिक परंपराओं की ताकत से लाभ उठाने का अवसर मिलता है, जबकि सनातन धर्म में निहित सार्वभौमिक सत्यों के प्रति खुले रहते हैं। एक ऐसी दुनिया में जो आमतौर पर विभाजन की तलाश करती है, आध्यात्मिकता के माध्यम से समझ और एकता की खोज एक अधिक सामंजस्यपूर्ण अस्तित्व की ओर ले जा सकती है।

"बहन जी! मेरे मन में प्यार से संबंधित एक प्रश्न है, यदि आपकी

अनुमति हो तो क्या मैं पूछ सकता हूँ?" एक जिज्ञासु ने प्रश्न किया।

"आप पूछ सकते हैं। आपकी किसी भी जिज्ञासा का समाधान करना मेरा कर्तव्य है।" शालिनी बहन ने सामान्य भाव से कहा।

"बहन जी ! यह 'प्यार' क्या है जो किसी को भी दीवाना बना देता है? इसके वशीभूत होकर मनुष्य कुछ भी अच्छा कर सकता है ?"

"प्यार एक अद्भुत और जटिल भावना है जो हर किसी को प्रभावित करती है। यह भावनात्मक बंधन, शारीरिक आकर्षण, और आध्यात्मिक अनुभव का संयोजन हो सकता है। प्यार हमें प्रसन्नता, संतोष, और जीवन का नया अर्थ देता है, लेकिन कभी-कभी दुख और पीड़ा का कारण भी बनता है।"

कुछ क्षण रुक कर शालिनी ने फिर कहा, "यह हमें दूसरों के साथ जुड़ने, संबंध बनाने और श्रेष्ठतर इंसान बनने की प्रेरणा देता है। हालांकि, प्यार में ना मिलने वाला प्रत्युत्तर, दूरी, या बिछोह गहरे दर्द का कारण भी बन सकते हैं। फिर भी, यह हमें दयालु और करुणामय बनाकर जीवन का आनंद लेना सिखाता है।

प्यार जीवन का एक महत्वपूर्ण भाग है, जो हमें जीने और दूसरों से जुड़ने का उद्देश्य प्रदान करता है। यह शक्ति हमें श्रेष्ठतर इंसान बनाकर हमारे जीवन को अर्थपूर्ण बनाती है।

सुनते हुए, नवीन के होठों पर एक स्निग्ध सी मुस्कान उभर आई। वह सोचते हुए स्वयमेव ही प्यार की परिभाषा की गहराइयों में खो गया। 'क्या प्यार किसी ऊंच-नीच अथवा भेदभाव का मोहताज़ भी होता है? शायद हां ! प्यार शायद स्वयं में पूर्ण नहीं है। यह भी दूसरों की स्वीकृति पर ही निर्भर करता है।'

नवीन बचपन से ही बेहद भोला-भाला, मासूम और प्यारा था। वह न केवल परिवार वालों का, बल्कि सभी का चहेता था। बच्चों के मध्य भी वह

बहुत लोकप्रिय था, और सभी उसके साथ खेलना पसंद करते थे।

नवीन भूतकाल के किन्हीं विचारों में खो गया। शालू उसे बहुत ही अच्छी लगती थी। प्यारी, मासूम सी। लगता जैसे आसमान से पृथ्वी पर कोई परी उतर आई हो। जब वह उसकी दृष्टि से ओझल होती थी, तो दिल चाहता कि सामने आ जाए, और जब वह उसके सामने होती, तो तब उसका दिल चाहता कि वह हमेशा उसकी दृष्टि के सम्मुख ही रहे। हर पल उससे बातें करते रहने का मन करता। हर पल उससे खेलते रहने का मन करता।

उस समय नवीन की आयु ऐसी तो नहीं थी कि उसे प्यार का कोई अर्थ भी मालूम होता। यहां तक कि उसे अच्छे-बुरे का भी कुछ पता नहीं था। बस ! पता था तो इतना ही कि उसे शालू बहुत ही अच्छी लगती थी और वह चाहता था कि शालू हर पल उसके साथ ही रहे। उसके पास ही रहे। वह दोनों ही साथ-साथ खेलते रहें। जीवन भर। उनका खेलना कभी समाप्त ही ना हो। वह उनका बचपन था।

ऐसा बचपन था जहां अपने-पराए का या ऊंच-नीच का कोई भेदभाव नहीं था। उन्हीं दिनों एक बार नवीन ने शालू से कह दिया था, "शालू, बड़ा होकर मैं शादी करूंगा, तो तुमसे ही करूंगा। नहीं तो जिस दिन तुम्हारी डोली उठेगी, उस दिन ही मेरी अर्थी भी उठेगी।"

कितना अल्हड़पन था। जो मन में आया, सरलता से कह दिया। अपना एकतरफा प्रेम इतनी सहजता से प्रकट कर दिया। एक पल के लिए भी यह नहीं सोचा कि क्या दूसरे के दिल में भी उसके लिए कोई स्थान है या नहीं। दूसरा भी उसे चाहता है या नहीं। शालू भी उससे प्यार करती है या नहीं। शालू ने प्रतिउत्तर में उससे कुछ नहीं कहा था और उसे अकेला छोड़कर वहां से भाग गई थी।

दूसरे दिन जब शालू उससे मिली, तो उससे कोई भी बात नहीं की थी।

शायद उस से रुष्ट थी, पर ऐसा लगता नहीं था। सब बच्चे आपस में मिलकर खेल रहे थे। शालू भी खेल रही थी, लेकिन उसने नवीन से कोई बात नहीं की थी। नवीन ने भी नहीं की। समय व्यतीत होता गया और शाम भी हो गई। सभी बच्चे अपने-अपने घरों को वापस चले गए थे। नवीन और शालू भी चले गए थे।

दिन व्यतीत होते गए। पांच दिन या छह दिन। उन दोनों में से किसी ने भी आपस में कोई बात नहीं की। नवीन, शालू की ओर देखता और सोचता कि शायद शालू मुझसे रुष्ट है, इसलिए नहीं बात कर रही है, और शालू! वह न जाने क्या सोचती।

एक दिन शालू की एक सहेली ने नवीन के पास आकर पूछा, "तुम हमारे साथ प्रतिदिन खेलते हो, लेकिन शालू से बात क्यों नहीं करते?"

"शालू स्वयं मुझसे बात नहीं करती," नवीन ने साधारण भाव से कह दिया।

"तुमने उस दिन शालू से क्या कहा था?"

"किस दिन?" सहसा ही नवीन के मुंह से निकल गया।

"जिस दिन तुमने उससे कहा था कि तुम बड़े होकर उससे ही शादी करोगे?"

नवीन चुप रहा। प्रतिउत्तर में उसने कुछ नहीं कहा। कहता भी क्या? वह समझ नहीं सका कि क्यों शालू इतने दिनों से उससे रुष्ट थी!

"तुम्हारी यह शादी कभी नहीं हो सकती," कह कर शालू की सहेली वहां से चली गई, नवीन को अकेला असहाय छोड़कर।

(3)

एक दिन नवीन ने शालू से मिलने पर पूछ ही लिया, "शालू! मैंने एक दिन तुमसे एक बात कही थी, तुम मुझसे रुष्ट हो गई थी। मैंने कुछ गलत तो नहीं कहा था, बस अपने दिल की बात ही तो कही थी।"

"ऐसी बात नहीं है, नवी !"

"तो फिर तुम मुझसे रुष्ट क्यों हो गई थी? इतने दिन तक मुझसे कोई बातचीत भी नहीं की।"

"नहीं, मैं रुष्ट नहीं थी। मैं तो सोच रही थी कि शायद तुम ही किसी बात पर मुझसे रुष्ट हो गए हो और इसलिए कोई बात नहीं करते।"

"मैं भला तुमसे रुष्ट हो सकता हूँ कभी?" इसके पश्चात उन दोनों में कुछ पल के लिए खामोशी छा गई थी।

"अब तुम कुछ भी कहो, शालू! मैं तुम्हें बहुत चाहता हूँ।"

"मैंने कभी अपनी शादी के विषय में सोचा ही नहीं, नवी !"

"मैं कुछ नहीं जानता, शालू! बस, तुम मुझे इतना ही बता दो कि तुम भी मुझसे प्यार करती हो ना?"

"मैंने पहले ही कह दिया था तुम्हें कि मैंने अभी तक ना तो इस विषय में कभी सोचा है और ना ही सोचना चाहती हूँ। मैं तो शादी ही नहीं करना चाहती।"

"मुझे बस इतना ही बता दो कि क्या तुम भी मुझसे उतना ही प्यार करती हो जितना मैं तुमसे करता हूँ?"

"ठीक है ! अब मैं चलती हूँ। सत्या हमारी ओर आ रही है।"

"लेकिन तुम ने कोई उत्तर नहीं दिया?"

"फिर मिलेंगे !" कहते हुए शालू उठ खड़ी हुईं और सत्या के साथ चलकर अपनी मित्र मंडली में सम्मिलित हो गई।

समय व्यतीत होता चला गया। शालिनी कक्षा आठ में पहुँच गई थी और नवीन तब तक विद्यालय की पढ़ाई पूर्ण कर विश्वविद्यालय में प्रवेश ले चुका था।

कहते हैं कि किसी भी मनुष्य के उत्थान में उसकी वर्तमान परिस्थितियों के साथ-साथ ही उसके पूर्व जन्म के कर्मों का भी अत्यधिक प्रभाव होता है, जिसे भाग्य का नाम भी दिया जाता है। यही भाग्य मनुष्य के भविष्य का निर्माता होता है। मनुष्य हमेशा ही इसके बहाव में अनियंत्रित सा बहता चला जाता है, तब शायद मनुष्य के अपने हाथ में कुछ भी नहीं रहता।

शालिनी एक उच्च कोटि के ब्राह्मण परिवार से थी। सनातन धर्म के प्रति उनकी पूरी आस्था थी। उसके पिता संस्कृत भाषा के महान विद्वान और रिटायर्ड हेडमास्टर थे। माता भी धार्मिक कार्यों में रुचि रखने वाली एक गृहस्थ महिला थीं। घर का सारा वातावरण धार्मिक था, जिससे घर के सभी सदस्य सुसंस्कृति थे। परिवार के सभी सदस्य ही धार्मिक कार्यों में रुचि रखते थे और उनमें बढ़-चढ़कर भाग लेते थे। उनके बुजुर्ग भी पीढ़ियों से इसी परंपरा के संवाहक रहे थे। शालिनी की ईश्वरीय अभिरुचि और धर्म में गहन आस्था का शायद यह भी एक कारण था।

शालिनी बाल्यावस्था से ही स्वकेंद्रित व्यक्तित्व की लड़की थी, किंतु पढ़ाई में मेधावी थी। कई बार अध्यापिकाएँ विद्यालय में कोई कार्यक्रम होता तो उसके व्याख्यान की विशेष व्यवस्था कर देतीं थीं। उसका कोई भी वक्तव्य, चाहे वह पाठ्यक्रम से संबंधित हो या धार्मिक ज्ञान पर, बहुत प्रभावी होता था। सुनने वाला हर कोई इससे अभिभूत हो जाता था। इस कारण से

वह अपने विद्यालय के अतिरिक्त आसपास के क्षेत्र में भी विशेष रूप से लोकप्रिय थी।

नवीन भी उसी विद्यालय में पढ़ता था, किंतु वह उससे चार वर्ष वरिष्ठ था। शालिनी ने जब विद्यालय में प्रवेश लिया, तब नवीन कक्षा चार में पढ़ता था।

वैसे तो शालिनी दूसरे गांव की रहने वाली थी, लेकिन वहाँ प्राथमिक विद्यालय की सुविधा न होने से उसे उसी विद्यालय में प्रवेश लेना पड़ा था। यहाँ पर प्राथमिक पढ़ाई के साथ-साथ ही उच्चतम स्तर की पढ़ाई की भी पर्याप्त व्यवस्था थी।

इसके लिए शालिनी के पिता ने अपना स्थानांतरण भी इसी विद्यालय में करवा लिया था और कुछ वर्षों तक इसी गांव में रहने का निर्णय ले लिया था।

तब तक शालिनी के माता पिता ने अपना घर नहीं बनाया था, वे इस विषय में सोच ही रहे थे। तब तक के लिए उन्होंने नवीन के पड़ोस में ही एक घर किराए पर ले लिया था और रहने लगे थे।

समय कितनी शीघ्रता से परिवर्तित होता है ! कल के बचपन के साथी आज युवा हो गए थे और कहीं के कहीं पहुँच गए थे। सोचते हुए उसे अपने आप पर हंसी सी आने लगी। वह अभी भी वहीं का वहीं था। क्यों नहीं वह भी अपने दूसरे मित्रों की तरह समय के साथ परिवर्तित होता चला गया? उसके साथ के लगभग सभी साथियों ने घर-गृहस्थी बसा ली थी और जीवन में कहीं न कहीं स्थापित हो गए थे। एक वो ही था, जिसे शायद उसके जीवन ने बहुत पीछे छोड़ दिया था।

नवीन इस समय अकेला ही उस बगीची में बैठा इधर उधर उड़ते हुए तितलियों और भंवरों को निहार रहा था, और शालू से समय-समय पर हुई मुलाक़ातों के विषय में सोच रहा था।

वह तो अभी भी अपने बचपन के प्यार की उसी शाख पर बैठा हुआ था, जिस पर कभी-कभी वह अपनी शालू के साथ बैठकर ढेर सारी बातें किया करता और भविष्य के सपने संजोया करता था। सोचते हुए, एक बार फिर से उसके होठों पर एक स्निग्ध सी मुस्कान नृत्य कर गई, और वह इस वृक्ष को बहुत प्यार से निहारने लगा। आखिर निहारता भी क्यों नहीं ! हर किसी को अपने साथी से हुए प्यार की भाँति ही उससे संबंधित हर वस्तु और हर याद से भी उतना ही प्यार होता है, जितना अपने साथी से होता है।

उसे अपनी छोटी आयु से ही लेखन के प्रति रुचि उत्पन्न हो गई थी, और वह पत्र-पत्रिकाओं के लिए कुछ न कुछ लिखता रहता था।

अब यह तो उसकी रुचि थी। इससे तो स्वयं अपना ही जीवन यापन नहीं हो सकता था। पारिवारिक जीवन व्यतीत कर पाना तो बहुत ही कठिन था, बल्कि असंभव ही था। यही कारण था कि उसके माता-पिता भी उसे शादी के लिए अधिक नहीं कहते थे। चिंता तो उन्हें थी ही। इसलिए वे उसे कुछ न कुछ करने के लिए कहते रहते थे, ताकि वह शीघ्रातिशीघ्र अपने पांव पर खड़ा हो कर घर गृहस्थी संभालने के योग्य हो जाए।

अंततः बहुत प्रयास करने के पश्चात नवीन को एक निजी संस्थान में निरीक्षण अधिकारी के पद पर नियुक्ति मिल गई। इसे पाकर वह बहुत प्रसन्न था। इसके साथ ही उस पर शादी कर लेने के लिए उसके परिवार वालों का दबाव पड़ना आरम्भ हो गया। किंतु वह शादी नहीं करना चाहता था।

जब मनुष्य की चाहत ही उसे ना मिल पाए, तो भला झूठी जिंदगी जीने का भी क्या लाभ? शालिनी उसकी वह चाहत थी, जो उसके युवा होते सपनों में हर पल उसके साथ रही थी, और उसके बिना जी पाने की वह कल्पना भी नहीं कर सकता था।

इस मध्य शालिनी के पिता एक दूसरे गाँव में पसंदीदा भूमि मिलने पर

वहां मकान बना कर स्थानांतरित हो चुके थे। किंतु तब तक नवीन के दिल में शालिनी के प्रति प्यार का जो पौधा अंकुरित हुआ था, वह दिन-ब-दिन बढ़कर अब एक सशक्त पौधे के रूप में परिवर्तित हो चुका था।

नवीन आमतौर पर किसी न किसी तरीके से शालिनी से मिलने का प्रयास करता ही रहता था। शालिनी भी जब समय मिलता तो उससे मिल लेती थी, उसके साथ घूमती और बातें करती थी। किंतु इस मध्य शालिनी ने कभी भी नवीन से अपने प्यार का इज़हार नहीं किया था। ना जाने क्यों नवीन उससे जो भी बात करता, शालिनी साधारण भाव से उसका उत्तर दे देती थी, किंतु ऐसा कभी कुछ नहीं कहती जिसे सुनने के लिए नवीन के कान तरसते रहते थे, "मैं भी तुमसे बहुत प्यार करती हूँ।"

जब भी नवीन उससे शादी के सम्बन्ध में बात करने का प्रयास करता, तो शालिनी कहती, "मैंने जीवन में कभी भी शादी ना करने का निर्णय लिया हुआ है। क्या नवी, हम एक अच्छे मित्रों की तरह नहीं रह सकते?"

सच्ची चाहत कभी भी किसी की स्वीकृति की मोहताज नहीं होती। कोई चाहे या न चाहे, प्यार करने वाले तो प्यार करते ही हैं। ऐसी ही दशा शायद नवीन की भी थी। उसने भावातिरेक में शालिनी का हाथ अपने हाथ में ले लिया, "हाँ ! क्यों नहीं शालू, लेकिन मुझसे एक वादा करो तुम।"

"क्या?" शालिनी ने पूछा।

"कि ज़िंदगी में तुम मुझे कभी भी नहीं भूलेगी, चाहे कहीं भी, किसी भी हाल में होगी, मुझे कभी नहीं भूलोगी।" नवीन कहते हुए भावुक हो गया। प्रतिउत्तर में शालिनी ने कुछ नहीं कहा।

नवीन की आंखें आंसुओं से भर आईं।

"बिलकुल ! कभी नहीं भूलेंगे।" नवीन की भावुकता को भांपते हुए शालिनी ने कह दिया।

(4)

धीरे धीरे समय और नियति ने मिलकर दोनों पर अपना प्रभाव दिखाना आरम्भ कर दिया। शालिनी अपने कार्यक्रमों में व्यस्त होती चली गई और नवीन उसके किये हुए वादे में ही खोया हुआ अपने आपको भी भूलता चला गया। यह तो नहीं कहा जा सकता कि शालिनी ने नवीन को भूला दिया था, लेकिन यह अवश्य ही कहा जा सकता है कि नवीन उसे एक क्षण के लिए भी नहीं भुला सका।

शालिनी अपने कार्यक्रमों के सम्बन्ध में इतना व्यस्त रहती थी कि उसके गांव जाने की तो बात ही बहुत दूर की थी, अपने शहर में भी नहीं रह पाती थी। उसकी प्रसिद्धी और उसकी लोकप्रियता तो दिन प्रतिदिन बढ़ती ही जा रही थी। जिससे वह अपने शहर से अधिक दूसरे शहरों में ही व्यस्त रहा करती थी। कभी कभी तो वह विदेशों में भी चली जाया करती थी। इस कारण से नवीन चाहते हुए भी उससे मिल नहीं पाता था।

अब तो उसे शालिनी से मिले हुए भी लगभग दो वर्ष हो गए थे। इस मध्य उसने कई बार उससे मिलने का प्रयास भी किया था, लेकिन जब भी उसे इस बात का पता चलता कि शालिनी शहर आई हुई है और वह उससे मिलने जाता तो नवीन के उस तक पहुँचने से पहले ही शालिनी कहीं अन्यत्र चली गई होती थी। तब वह सन्देश छोड़ कर चला आया करता था। अब यह सन्देश शालिनी को मिलता या नहीं यह तो भगवान ही जानता है, लेकिन नवीन को उसका उत्तर कभी नहीं मिला।

कई बार नवीन के दिल में यह भी विचार आता कि क्या शालिनी ने

उसे भुला दिया है ? ऐसा हो भी तो सकता है। शालिनी अब एक बहुत बड़ी हस्ती बन चुकी थी। उसके पास इतना समय ही कहाँ था जो अब वह उसके विषय में सोचती। समय के साथ किये हुए वायदे भी समय के साथ ही विलुप्ति के अँधेरे में खो जाते हैं। भला कौन किसे कब याद रखता है।

नवीन का जीवन भी अब एक उलझी हुई पहेली सा बन कर रह गया था। शालिनी से भेंट हुए उसे बहुत समय हो गया था। शालिनी को तो जीने की राह मिल गई थी। लेकिन, नवीन अभी भी उसी स्थान पर खड़ा था, यहां उसने एक बार शालिनी को जीवन भर के लिए अपना बना लेने का एक सपना देखा था। शालिनी को तो शायद जीने का एक उद्देश्य, एक सहारा मिल गया था, लेकिन नवीन अभी भी उद्देश्यहीन एवं बेसहारा सा ही जीवन में भटक रहा था।

नवीन की दिनचर्या का अधिक भाग उसकी नौकरी के कार्यभार की व्यस्तता में ही व्यतीत हो जाता था। अधिकांश उसे इसी सम्बन्ध में शहर से बाहर दूसरे क्षेत्रों में भी जाना पड़ता था और वह व्यस्त ही रहता था। लेकिन जब एकांत आकर उसे अपने में घेर लेता तो ऐसे में उसे जीना बहुत दुखदायी लगने लगता। वह बहुत ही उदास हो जाता था।

इस प्रकार जब मन बहुत उदास होता तो वह कागज कलम लेकर कुछ न कुछ लिखने के लिए बैठ जाता और मन की अन्तर्वेदना को स्याही के सहारे कागज पर उड़ेलने का प्रयास करने लगता था। फिर उसका यही लिखा हुआ जब कभी पत्र-पत्रिका के सहारे पाठकों तक पहुंचती तो उसे बहुत ही पसंद किया जाता।

वह दिन प्रतिदिन प्रसिद्धि एवं सफलता की सीढ़ियां चढ़ता चला जा रहा था। उसे चाहने वालों की संख्या बढ़ती ही जा रही थी। पाठक उसके दुख दुख

दर्द से अभिभूत थे। उसके प्रति दिल में प्यार एवं सहानुभूति की भावना रखते थे।

उसके पास सहानुभूति भरे संदेशों का अम्बार सा लग जाता। इसमें कई संदेश लड़कियों के भी होते, जो उसके विचारों के माध्यम में अपने जीवन की राह ढूंढने का प्रयास करतीं। उसे अपना जीवन साथी बना लेने का प्रस्ताव भेजतीं। लेकिन उसने बहुत समय पूर्व ही अपने आप को, अपने जीवन को, अपना सर्वस्व, उसने अपनी शालू के नाम कर दिया था। अब भाग्य में उसके क्या लिखा जा चुका था यह तो विधाता ही जानता था।

नवीन के पिता कृषि विभाग से रिटायर्ड हेड क्लर्क थे। वहाँ से उन्हें पेंशन मिल जाती थी। इसके अतिरिक्त उनके पास दस कनाल के लगभग कृषि योग्य भूमि थी। इस प्रकार कुल मिला कर परिवार का भरण पोषण अच्छी तरह से हो जाया करता था। नवीन की मां भी पांचवीं कक्षा तक ही पढ़ी हुई थी। इस प्रकार, कुल मिलाकर यह एक माध्यम वर्गीय परिवार था।

नवीन के वृद्ध माता पिता का भी दूसरों की भांति अपने बेटे को लेकर एक स्वप्न था। वो अब वृद्धावस्था में थे। जीवन का क्या भरोसा। कब ईश्वर का बुलावा आ जाए और वो उन्हें अपने पास बुला ले। इससे पहले ही वो चाहते थे कि उनके इकलौते बेटे नवीन की शादी हो जाती और उनके घर का आँगन भी बच्चों की चहल पहल से हरा भरा हो जाता। उनके परिवार को भी एक वारिस मिल जाता।

यदाकदा नवीन से उसके माता पिता की इस विषय में बात भी होती रहती थी। लेकिन, उसने अपने माता पिता से कह दिया था कि वह अभी शादी नहीं करना चाहता।

"क्यों नहीं तुम शादी करना चाहते?" उसके माता पिता जब नवीन से पूछते तो वो उसके उत्तर से संतुष्ट नहीं हो पाते थे और तब उनका नवीन पर

भावनात्मक दबाव पड़ना आरंभ हो जाता।

"तो क्या तुम यह चाहते हो कि हम पोते पोती का मुंह देखने की अधूरी आस लिए ही इस दुनिया से चले जाएं? तुम्हारे साथ ही हमारा वंश भी समाप्त हो जाए?"

तब नवीन निरुत्तर हो जाता और सर झुका लेता।

"तुम एक बार हां कर दो तो हम मुनीम दीना नाथ जी की बेटी से तुम्हारी शादी के लिए हां कर दें। वैसे भी उन्होंने इसके लिए कई बार मुझसे पूछा था। उनकी बेटी सुंदर है, सुशील है और इसके साथ ही पढ़ी लिखी भी है। सुना है, पिछले वर्ष उसने परीक्षा में बहुत अच्छे नंबर लाए थे।"

मुनीम दीनानाथ जी नवीन के पिता के किसी समय सहपाठी रहे थे और पुराने परिचितों में से एक थे। दो वर्ष पूर्व एक दिन सहसा ही नवीन के पिता की उनसे भेंट हो गई थी और तब वह उन्हें आग्रहपूर्वक उन्हें अपने घर ले गए थे। वहाँ वह बहुत देर तक बैठे रहे थे। चाय वगैरह के दौर के साथ ही जब उनके मध्य पुराने दिनों की बातों का सिलसिला एक बार जो आरम्भ हुआ तो फिर इसके थमने का नाम ही नहीं था। दीनानाथ जी की पत्नी भी बहुत ही हंसमुख और मिलनसार थी। वह भी अपने पति के पुराने मित्र से मिलकर बहुत प्रसन्न हुई थी।

वो सभी मिलकर जब आपस में गप्पे लगा रहे थे और इधर उधर की बातें कर रहे थे तो उसी समय उनकी बेटी ने अपनी सहेली के साथ घर में प्रवेश किया। दीनानाथ जी ने नवीन के पिता के साथ उनका परिचय करवाया, "यह मेरी बेटी राधिका है।"

प्रतिउत्तर में राधिका और उसकी सहेली ने उन्हें प्रणाम किया और फिर भीतर अपने कमरे में चली गईं।

बस ! यहीं से ही नवीन और राधिका के सम्बन्ध की नींव पड़ गई थी।

जब दीनानाथ जी ने अपनी बेटी के गुणों का बखान आरम्भ किया तो नवीन के पिता ने मन ही मन में उसे अपने घर की बहु बनाने का निर्णय ले लिया था।

लेकिन उस समय इस सम्बन्ध में उनके मध्य में किसी भी प्रकार का कोई वार्तालाप नहीं हुआ था। इसको बल तब मिला जब कुछ माह पश्चात एक बार फिर उनकी भेंट हुई थी और दीनानाथ जी ने स्वयं ही उनके सामने इसका प्रस्ताव रख दिया था।

लेकिन नवीन तो अभी शादी के लिए हाँ ही नहीं कर रहा था। इसलिए उन्होंने दीनानाथ जी से कह दिया था कि मेरी ओर से तो यह सम्बन्ध पक्का ही समझो, लेकिन अभी नवीन शादी के लिए मान ही नहीं रहा है। जैसे ही वह इसके लिए अपनी स्वीकृति देता है तो, तुरंत ही मैं आपको सूचित कर दूंगा और तब हम सब मिलकर आगे का कार्यक्रम निश्चित कर लेंगे।

नवीन को नहीं मालूम था कि यह मुनीम दीनानाथ कौन हैं और उनकी बेटी कैसी है। वह कोई उत्तर नहीं देता और चुपचाप वहां से उठकर चला आता था।

ऐसे में नवीन को कुछ समझ में नहीं आता कि वह करे भी तो क्या करे। एक ओर तो वह शालिनी के बिना नहीं रह सकता था। शालिनी ही उसके जीवन का एकमात्र उद्देश्य थी, उसका सपना थी। जिसके बिना वह एक पल भी रहने की नहीं सोच सकता था, लेकिन दूसरी ओर उसके माता पिता का भावनात्मक दबाव कुछ इतना अधिक था कि वह इस सब से पीछा छुड़ा कर कहीं दूर भाग जाने की सोचने लगता था।

यही सोचते हुए उसने अपने कार्यालय में प्रार्थना कर अपना स्थानांतरण किसी दूसरे शहर में करा लिया। लेकिन कहते हैं न कि परिस्थितियों से भाग कर जीना भी तो इतना आसान नहीं होता। उसे दूसरे

शहर में रहते हुए अभी एक वर्ष भी नहीं हुआ था कि गांव में रह रहे उसके पिता बीमार हो गए। उन्हें हृदयाघात हुआ था। जिस से नवीन को कुछ दिनों की छुट्टी लेकर घर आना पड़ा। यह तो भला हो पास पड़ोस में रहने वाले गांव के लोगों का, जिन्होंने समय पर उन्हें हास्पिटल पहुँचा कर उनकी जान बचा ली थी। नहीं तो अकेली नवीन की माता भला क्या कर पाती।

अब डॉक्टरों ने नवीन से भविष्य में भी उनका ध्यान रखने और कुछ निर्देशों का पालन करने के लिए कहा था। जिससे अब, नवीन का अपने घर से दूर दूसरे शहर में रह पाना कठिन हो गया था। इसलिए एक बार फिर नवीन को अपने अधिकारियों से अपने गांव के पास ही शहर में अपने स्थानांतरण के लिए आवेदन करना पड़ा। उसके अधिकारियों ने भी उसकी विवशता समझते हुए एक बार फिर से नवीन का स्थानांतरण उसकी इच्छा अनुसार उसके घर के पास कर दिया। यहां वह अपने विभागीय कार्य के साथ साथ ही अपने माता पिता का भी अच्छी तरह से ध्यान रख सकता था।

लेकिन इसके साथ ही अब नवीन के माता पिता का उस पर शादी कर लेने के लिए भावनात्मक दबाव भी बढ़ गया। उसकी मां का बार बार एक ही बात को कहना कि 'तुम्हारे पिता जी भी अब बीमार हैं। मेरा भी स्वास्थ्य ठीक नहीं रहता। क्या तुम यह चाहते हो कि हम लोग अपने पोतों का मुंह देखे बिना ही इस दुनिया से चले जाएं?'

नवीन दुविधा में फंस गया था। एक ओर उसका अपने प्यार के प्रति दृढ़ निश्चय तो दूसरी ओर अपने माता पिता की इच्छाओं के प्रति उसका उत्तरदायित्व। नवीन को कुछ भी समझ में नहीं आ रहा था। शालू के बिना किसी दूसरे के साथ जीवन यापन करने का तो उसने कभी भी नहीं सोचा था, लेकिन अब वह अपने माता पिता की इच्छाओं के सम्मुख नतमस्त होता जा रहा था।

ऐसे में उसे शालिनी की बहुत याद आती थी। काश ! शालिनी उसकी हो गई होती। वो दोनों एक हो गए होते। तो आज की स्थिति उत्पन्न ही न होती। लेकिन वास्तविकता में ऐसा कुछ भी नहीं हुआ था। उसकी शालिनी उससे बहुत दूर चली गई थी। उसका मन होता कि वह भी इस संसारिकता का त्याग कर साधु सन्यासी बन जाए और यहां से दूर कहीं बहुत दूर चला जाए। लेकिन मनुष्य की विवशता, वह चाह कर भी अपने माता पिता के प्रति अपनी कर्तव्यपरायणता से विमुख नहीं हो सकता था।

ना चाहते हुए भी उसे अपने माता पिता को अपनी स्वीकृति देनी पड़ी। उनकी इच्छा के सामने उसे झुकना ही पड़ा। विवश हो कर एक दिन उसने अपनी मां से कह ही दिया, "जो आपको अच्छा लगे। आप कीजिए।"

"तो ठीक है। मैं तुम्हारे पिता जी से बात करती हूं। वह शीघ्र ही दीनानाथ जी से बात करते हैं और किसी दिन अच्छा सा मुहूर्त निकलवा कर आगे बात चलाते हैं।"

फिर जैसे ही नवीन की मां ने यह शुभ समाचार उसके पिता को सुनाया तो उनके शरीर में तो जैसे नव रक्त का संचार हो गया था। उन्हें तो एक प्रकार से नवजीवन की ही प्राप्ति हो गई थी। उन्होंने नवीन की मां से कहा, "यदि नवीन उनकी लड़की को देखना चाहता है तो हमें बता दे। हम इसी सप्ताह को उन्हें अपने घर बुलाकर बातचीत पक्की कर देंगे। इस प्रकार हम दीनानाथ जी से लड़की देखने के सम्बन्ध में भी बात कर लेंगे।"

"नहीं, मुझे कुछ नहीं देखना है। आप को जैसा सही लगे, मुझे स्वीकार है।" नवीन ने बेमन से कह दिया।

(5)

नवीन की स्वीकृति मिलते ही उसके पिता ने दीनानाथ जी को संदेश भेज दिया। फिर दोनों परिवारों ने मिलकर पंडित से लगन वगैरह का मुहूर्त निकलवा कर सब कुछ तय कर लिया। निश्चित तिथि पर नवीन की राधिका के साथ शादी भी हो गई।

कितना अद्भुत खेल है विधाता का कि कभी-कभी दो अजनबी, जिनकी एक-दूसरे से किंचित भी जान-पहचान नहीं होती, एक-दूसरे के इतना समीप आ जाते हैं कि जीवनभर के लिए एक-दूसरे के सुख-दुख के साथी बन जाते हैं। देखा जाए तो नवीन और राधिका का यह कुछ ऐसा ही उदाहरण था। दोनों इससे पूर्व एक-दूसरे को नहीं जानते थे, किंतु अब उन्हें हमेशा के लिए एक-दूसरे का साथी बनकर रहना था।

राधिका भी एक अच्छे सुसंस्कृत परिवार में पली-बढ़ी थी। उसने घर में प्रवेश करते ही सभी का मन मोह लिया था। नवीन ने हालांकि यह शादी अपने माता-पिता की इच्छा को पूर्ण करने और उन्हें प्रसन्न करने के लिए की थी, और राधिका में उसे कोई रुचि नहीं थी, फिर भी, वह ऐसा कोई कार्य नहीं करना चाहता था जिससे राधिका का मन दुखी हो या उसके हृदय पर किसी प्रकार का कोई आघात लगे। इसलिए, चाहने-ना चाहने के बावजूद, वह उसकी हर इच्छा का पूर्ण रूप से सम्मान करने का प्रयास करता था।

शायद यही कारण था कि जाने अनजाने में ही सही, वह राधिका से पति-पत्नी की भांति अधिक घुलमिल नहीं पाया था। उसकी हर बात कर्तव्यपरायणता के वशीभूत सी प्रतीत होती थी। राधिका इस बात को

महसूस करती थी, किंतु समझ नहीं पा रही थी कि इसका कारण क्या है। वह एक पढ़ी-लिखी और समझदार युवती थी। वह सोचती थी कि शायद नवीन की शादी उसकी इच्छा के विरुद्ध हुई है, इसलिए वह उसे उसका पूर्ण अधिकार नहीं दे पा रहा है, या फिर कोई उसे कार्यालय की व्यावसायिक चिंता है। बात चाहे जो भी हो, वह उसके मन में पूर्णतया अपना स्थान बना कर ही रहेगी। नवीन उसका पति है और वह उसकी पत्नी। उनके मध्य किसी प्रकार की कोई बाधा उत्पन्न नहीं हो सकती।

धीरे-धीरे राधिका का सेवा भाव और समर्पण रंग लाने लगा। नवीन का राधिका के प्रति कोई पूर्वाग्रह तो था नहीं, केवल शालिनी के प्रति उसका निस्वार्थ प्रेम ही था, जिससे किसी भी दूसरे के लिए उसके हृदय में कोई स्थान नहीं बन पा रहा था। यह एक प्रकार की नवीन की विवशता भी थी। लेकिन जैसा कहा जाता है कि 'निस्वार्थ प्रेम या भक्ति एक दिन रंग लाती ही है।' राधिका की लगन और भक्ति का भी नवीन पर सकारात्मक प्रभाव पड़ा, और उनकी दोनों की आपस में निकटता बढ़ने लगी।

यह स्वाभाविक भी था। जब कोई इंसान दूसरे को बहुत अधिक चाहने लगे, तो एक दिन इसका प्रभाव दूसरे पर अवश्य ही पड़ता है। फिर भी, नवीन के लिए किसी भी अवस्था में अपनी शालू को भूल पाना संभव नहीं था। जब भी राधिका उसके पास नहीं होती, तो उसकी शालू की यादें उसे घेर लेती थीं। तब नवीन के मन में अन्य दूसरा कोई नहीं होता, सिर्फ उसकी शालिनी ही होती थी।

धीरे-धीरे समय व्यतीत होता जा रहा था। नवीन और राधिका की शादी को अभी सात महीने ही हुए थे कि एक दिन नवीन के पिता की तबीयत फिर से बिगड़ गई, और वे इस दुनिया को छोड़कर सदा सदा के लिए के लिए चले गए। अब परिवार में केवल नवीन, उसकी पत्नी, और नवीन की मां, तीन

सदस्य ही रह गए थे। लेकिन नवीन की मां भी अपने पति के चले जाने के पश्चात अधिक दिन तक जीवित नहीं रह सकी और पीछे परिवार में केवल नवीन और उसकी पत्नी राधिका ही शेष रह गए।

नवीन जब अपनी नौकरी पर जाता, तो घर पर राधिका अकेली रह जाती। नवीन को इस बात का एहसास था कि राधिका पूरे दिन घर में अकेली रहती है। वह चाहता था कि राधिका भी अपने आप को व्यस्त रखने के लिए कोई न कोई कार्य आरम्भ कर ले, जिससे कि उसका मन भी लगा रहे। ऐसे में, राधिका ने घर पर ही रहकर बच्चों को पढ़ाने का कार्य आरंभ कर दिया। पढ़ाई में वह होशियार तो थी ही और परीक्षा में अच्छे अंक लेकर उत्तीर्ण होने पर राज्य सरकार से उसने पुरस्कार भी प्राप्त किए थे। इससे उसके पास पढ़ने वाले बच्चों की संख्या बढ़ने लगी। उस का मन भी लगा रहने लगा और बच्चों को पढ़ाई में सहायता भी मिलने लगी। इस प्रकार, घर में रहते हुए भी वह व्यस्त हो गई।

समय का पंछी अपनी निर्बाध गति से पंख फैलाए उड़ता चला जा रहा था। उनकी शादी को दो वर्ष व्यतीत हो गए थे। इस मध्य, वो दोनों कहीं भी नहीं जा सके थे। आरंभ में तो घर की व्यस्तताएं थीं, माता- पिता की देखभाल। पिता जी बीमार थे। जब पिता जी का स्वर्गवास हुआ, तो धार्मिक कर्मकांड और अन्य रीति-रिवाजों का बंधन बढ़ गया। उसके पश्चात, जैसे ही मां भी चली गई, तो वर्जनाएं और भी अधिक बढ़ गईं।

अब दो वर्ष से अधिक का समय व्यतीत हो चुका था। राधिका ने एक दिन दबी जुबान से अपने मनोभावों को प्रकट करते हुए कहा, "नवी ! हमारी शादी को दो वर्ष से अधिक का समय हो गया है। इस मध्य हम अपने उत्तरदायित्व और व्यस्तताओं के कारण कहीं भी नहीं जा सके। मुझे तो अब

अपने मायके गए हुए भी एक वर्ष से अधिक हो गया है। मैंने तो पिता जी का नया बनाया हुआ घर भी नहीं देखा है, जब से उन्होंने बनाया है।"

राधिका सही ही तो कह रही थी। इतनी देर से वह राधिका के साथ अपने ससुराल भी नहीं गया था। शादी के कुछ माह पश्चात ही राधिका के माता पिता ने नया घर बनवा लिया था। यह घर इस गांव से लगती नदी के दूसरी ओर शहर में था। वहाँ जाने के लिए अभी तक नदी पर कोई पुल नहीं बना था। इसलिए नदी पर करने के लिए नाव का ही सहारा लेना पड़ता था।

राधिका ने एक दो बार नवीन से कहा भी था कि वह अपने माता पिता का बनाया हुआ नया घर देखना चाहती है, और वैसे भी अब उन से मिले हुए उसे बहुत समय हो गया था। साथ में ही वह नदी में नाव की सवारी भी करना चाहती है।

नवीन ने उससे कहा भी था कि शीघ्र ही चलेंगे। उसने स्वयं भी अभी तक नाव की सवारी नहीं की थी और वह स्वयं भी अपने सास ससुर से मिलकर उनका नया बनाया हुआ घर देखना चाहता था, लेकिन इस मध्य कुछ इस प्रकार की बाधाएं आती रही कि वो दोनों चाह कर भी नहीं जा सकते थे। इस बार जब राधिका ने नवीन को याद दिलाया तो उसे कुछ ग्लानि का भी एहसास हुआ।

"चलो न, इस बार कहीं बाहर घूमने चलते हैं," राधिका ने कहा। फिर कुछ क्षण रुककर उसने उत्साहित स्वर में जोड़ा, "हमें अपने माता पिता से मिले भी बहुत समय हो गया है। क्यों न एक-दो दिन में उनसे ही मिलने चले जाएं?" उसका लहजा विनती भरा था।

नवीन को राधिका का कहना सही लगा। वास्तव में, उसने इस ओर कभी ध्यान ही नहीं दिया था। उसे लगा कि जाने-अनजाने में उसने राधिका के प्रति बहुत अन्याय किया है।

राधिका की बात सुनकर उसने हल्के से मुस्कुराते हुए कहा, "क्यों नहीं ! एक-दो दिन में क्या, हम कल ही माता पिता से मिलने चलेंगे।"

"थैंक्यू, थैंक्यू !" नवीन की सहमति पाकर राधिका प्रसन्नता से झूम उठी।

नवीन ने मुस्कुराते हुए आगे कहा, "इतना ही नहीं, उनसे मिलकर आने के पश्चात हम कहीं घूमने भी जाएंगे। यदि तुम्हारे मम्मी-डैडी सहमत होंगे, तो उन्हें भी अपने साथ ले चलेंगे।"

"ओह, नवी !" राधिका प्रसन्नता के मारे बच्चों की तरह नवीन से लिपट गई।

नवीन ने दूसरे दिन ही राधिका के माता पिता से मिलने जाने का कार्यक्रम बना लिया। राधिका बहुत प्रसन्न थी। दूसरे दिन शीघ्रता से उसने घर के सारे कामकाज निपटा लिए और फिर नाश्ता करने के पश्चात ही दोनों निकल पड़े। घर बहुत दूर तो नहीं था लेकिन मार्ग में नदी होने से और फिर इसके पश्चात बस की प्रतीक्षा में बहुत समय लग गया। फिर थोड़ा सफर रिक्शा से भी था। लेकिन, अपने माता पिता से मिलने और नया घर देखने की उत्सुकता और उत्साह से राधिका बहुत प्रसन्न थी।

इस सब पर तो मानो तब वज्रपात ही हो गया, जब वह अपने पति के साथ अपने घर पर पहुँची तो। घर में कोई भी नहीं था। वास्तव में भूल उन दोनों से ही हो गई थी। राधिका ने नवीन के साथ मिलकर अपने माता पिता को आश्चर्यचकित कर देने का सोचा था। लेकिन जब उन्हें वहाँ पर घर में कोई भी नहीं मिला तो उन्हें एक तरह का आघात सा लगा। उन्होंने उन्हें फोन किया तो पता चला कि वो आज ही शहर से बाहर किसी की मृत्यु पर गए हुए थे और आज वापस आ पाने की संभावना भी नहीं थी।

अब हो भी क्या सकता था। विवश होकर उन दोनों को वापस लौट आना

पड़ा। तीसरे दिन ही उनका वैष्णो देवी के दर्शन के लिए जाने का कार्यक्रम बना हुआ था। उन्होंने टिकट भी ले लिए थे और आवश्यक बुकिंग भी करवा ली हुई थीं। नवीन ने राधिका को सांत्वना देते हुए कहा,"चलो कोई बात नहीं। माता वैष्णो देवी के दर्शन कर आने के पश्चात ही हम फिर उनसे मिलने के लिए आएंगे और उनके लिए माता वैष्णो देवी के दरबार से प्रसाद भी ले आएंगे।"

राधिका कहती भी तो क्या। दोनों ही मन मसोस कर वापस घर आ गई और माता वैष्णो देवी की यात्रा पर जाने के लिए तैयारियां करने लगे। कल प्रात: ही उन्हें कटरा जाने के लिए निकलना था।

(6)

दूसरे दिन संध्या के समय वो कटरा पहुंचे। कटरा से आगे की यात्रा हेलीकॉप्टर से थी, जो केवल सांझी छत तक ही उपलब्ध थी। वहां से आगे उन्हें पैदल या घोड़े की सवारी से जाना था। हालांकि, सांझी छत से भवन तक बैटरी से चलने वाले ऑटो रिक्शा भी चलते थे। चूंकि हेलीकॉप्टर सेवा प्रतिदिन सुबह छह बजे आरम्भ होकर संध्याकाल तीन बजे तक ही चलती थी, इसलिए रात उन्हें कटरा में ही व्यतीत करनी पड़ी।

कटरा में इन दिनों ग्रीष्म ऋतु के कारण बहुत भीड़ थी, और होटलों में स्थान भी कम उपलब्ध था। फिर भी, उन्हें हेलीपैड से थोड़ी दूरी पर स्थित 'केरनी' होटल में ठहरने की स्थान मिल गई। कटरा का मौसम अपेक्षाकृत जम्मू से अपेक्षाकृत थोड़ा ठंडा होता है, जिससे रात का समय सुहावना बन जाता है। दिनभर की यात्रा से नवीन और राधिका थक चुके थे और उन्हें प्रातः हेलीकॉप्टर की यात्रा के लिए शीघ्र ही उठना भी था।

माता वैष्णो देवी के दर्शन करने के पश्चात यात्रियों को शीघ्र ही वापसी के लिए हेलीपैड पर सूचना देनी होती है। अन्यथा, तीन बजे के पश्चात यह सेवा बंद हो जाती है और फिर नीचे आधार शिविर तक पैदल, घोड़े की सवारी, ऑटो रिक्शा से जाने या दूसरे दिन तक प्रतीक्षा करने के अतिरिक्त कोई विकल्प शेष नहीं रहता।

दूसरे दिन प्रातः दोनों शीघ्र ही जाग गए और तैयार होकर छह बजे के लगभग हेलीपैड पर पहुंच गए। वहां पहुंचकर उन्होंने टिकट लेने और शेष सुरक्षा संबंधी औपचारिकताएं पूरी कर लीं। तब तक हेलीपैड की सेवा

आरम्भ नहीं हुई थी, इसलिए उन्हें थोड़ी देर प्रतीक्षा करनी पड़ी। लगभग साढ़े छह बजे 'हिमालयन वैली हेलीकॉप्टर की सेवा आरम्भ हुई, जिसमें उन्हें पहले जत्थे में स्थान मिल गया।

नवीन और राधिका दोनों पायलट के पीछे वाली सीट पर बैठे हुए थे। नवीन के स्मृति पटल पर शालिनी का चेहरा उभर आया। वह सोचने लगा, काश ! कितना अच्छा होता, यदि इस समय उसके साथ उसकी शालू उसके साथ बैठी होती। वह अपनी शालू के साथ माता वैष्णो देवी के दर्शन करने के लिए जा रहा होता। तब बात ही कुछ और होती। सोचते हुए उसने अपनी आँखें मूँद लीं और एक गहरी निश्छल सांस ली।

उस क्षण वह भूल ही गया था कि उसके साथ उसकी पत्नी राधिका भी बैठी हुई है। सोचते हुए नवीन की दृष्टि राधिका पर पड़ी। राधिका गुमसुम सी बैठी उदास लग रही थी। नवीन की समझ में नहीं आ रहा था कि अंततः बात क्या है। प्रातः से ही वह इसी प्रकार चुपचाप और उदास सी थी। नवीन ने दो-तीन बार उससे पूछा भी, "राधा, क्या बात है? तुम्हारा स्वास्थ्य तो ठीक है? या कोई और बात है?"

नवीन उसे राधा के ही नाम से बुलाया करता था। राधिका ने कहा कि कोई भी बात नहीं है। लेकिन कोई तो बात अवश्य ही थी, जिससे वह कुछ असंतुलित सी हो गई थी।

जब राधिका ने कुछ भी नहीं बताया तो नवीन भी चुप हो गया। उसने सोचा कि शायद उसका स्वास्थ्य कुछ ठीक नहीं है और वह उसे चिंतित नहीं करना चाहती, इसलिए कुछ बता नहीं रही है।

अब जब भुक्तभोगी ही अपनी समस्या के विषय में कुछ नहीं बताएगा, तो दूसरे को कैसे पता चल पाएगा। यही सोचकर नवीन कुछ चिंतित सा हो गया।

हेलीकॉप्टर ने उड़ान भरी और मात्र चार मिनट में ही सांझी छत हेलीपैड पर उतर गया। दोनों नीचे उतरे और फिर पैदल मार्ग से भवन की ओर चल पड़े। इस मध्य उनके मध्य साधारण बातों के अलावा कोई विशेष बातचीत नहीं हुई।

सांझी छत से भवन तक पहुँचने में उन्हें एक घण्टे से अधिक का समय लग गया। यहां पहुंच कर उन्होंने अपना सामान रखने के लिए एक लॉकर लिया और फिर उसमें अपना सामान रख दिया। वैसे तो सामान के नाम पर उनके पास राधिका का एक मात्र बैग था या फिर नवीन का पर्स और बेल्ट। इन्हें साथ लेकर भवन के भीतर प्रवेश करने की अनुमति नहीं थी।

कुछ यात्री यहां पहुंचकर स्नान आदि करते हैं और फिर प्रसाद लेकर माता के दर्शन के लिए गुफा में प्रवेश करते हैं। लेकिन नवीन और राधिका ने तो प्रातः होटल में ही स्नान कर लिया था और इस मध्य कुछ खाया-पिया भी नहीं था, इसलिए उन्हें यहां पर स्नान करने की आवश्यकता नहीं थी। उन्होंने वहां से केवल प्रसाद वगैरह खरीदा और माता के दर्शन करने के लिए गुफा के भीतर चले गए।

कुछ ही देर में उन्होंने संतुष्टि के साथ माता वैष्णो देवी के दर्शन किए और गुफा से बाहर आ गए। इसके पश्चात उन्होंने वहां नाश्ता किया और चाय पीकर वापसी की यात्रा के लिए निकल पड़े। अब उन्हें वापसी में पहाड़ की ऊंचाई पर स्थित 'भैरो मंदिर' में भैरो के दर्शन भी करने थे। यह उसी भैरो का मंदिर है, जिसने माता वैष्णो देवी का पीछा किया था और जिसे माता ने युद्ध कर पराजित कर उसका वध कर दिया था। मृत्यु के समय भैरो ने माता वैष्णो देवी से अपने कु-कृत्य के लिए क्षमा मांगी थी। तब माता ने उसे वरदान दिया था कि जो भी यात्री मेरे दर्शन के लिए आएंगे, वह वापसी में तुम्हारे भी दर्शन करते हुए जाएंगे। ऐसा कहा जाता है कि श्रद्धालुओं की यात्रा तभी पूर्ण मानी

जाती है जब लौटते समय भैरों के दर्शन कर लिए जाएं।

यहां उन्हें एक घंटे का और समय लग गया। इसके पश्चात वो हेलीपैड पर पहुंचे तो वहां पर थके हुए यात्रियों की भीड़ थी। उनकी पहले से ही बुकिंग थी, इसलिए थोड़ी ही देर में उनका नंबर आ गया। समीप चार बजे वह दोनों वापस कटरा पहुंच गए। वहां थोड़ी देर घूमने और इच्छा अनुसार खरीद करने के पश्चात उन्होंने जम्मू जाने के लिए बस पकड़ ली। जम्मू तक का मार्ग लगभग एक घंटे का था। इसके पश्चात उन्हें जम्मू से ट्रेन पकड़ कर वापसी की यात्रा करनी थी।

बस में बैठे हुए सहसा ही राधिका ने नवीन से कहा, "नवी ! एक बात पूछूं?"

"एक क्या, तुम हज़ार बातें पूछो राधा।," नवीन ने मुस्कुराते हुए कहा।

"नवी ! क्या तुम किसी शालू नाम की लड़की को जानते हो?"

"शालू !" नवीन चौंक गया। उसे एक झटका सा लगा। यह शालू का नाम सहसा राधिका की जुबान पर कैसे आ गया? राधिका को इसका कैसे पता चला? उसने तो कभी भी राधिका से शालू के विषय में कोई बात नहीं की थी।

"हाँ ! क्या तुम उसे जानते हो?" राधिका ने उसे गहरी दृष्टि से देखते हुए पूछा।

नवीन इस विषय में राधिका से झूठ नहीं बोलना चाहता था। पति-पत्नी का संबंध ही क्या, जो झूठ की बुनियाद पर टिका हो या जिसमें आपसी विश्वास न हो। यह अलग बात थी कि उसने कभी भी इस विषय में राधिका से कोई बात नहीं की थी। व्यर्थ की बातें करने का कोई अर्थ भी नहीं था, और वैसे भी शालिनी उससे बहुत दूर जा चुकी थी।

"हां ! पर यह सहसा ही तुम मुझसे क्यों पूछ रही हो?" नवीन ने प्रश्न

किया।

राधिका को इस बात से प्रसन्नता हुई कि नवीन ने उससे झूठ नहीं बोला। "यूं ही," क्षणभर रुक कर राधिका ने फिर पूछा, "कौन है यह शालू?"

"यूं ही।" क्षणभर रुक कर राधिका ने फिर पूछा, "कौन है यह राधिका?"

"यह मेरी बचपन की मित्र है," नवीन ने कहा।

"मित्र या कुछ और?" राधिका ने संदेह से पूछा।

"मतलब?" नवीन ने झिझकते हुए कहा।

"मतलब यह कि क्या शालू केवल तुम्हारी बचपन की मित्र ही थी, या उससे भी कुछ अधिक?" राधिका ने स्पष्ट किया।

"मैं तुम्हारा मतलब नहीं समझा," नवीन ने अनजान बनते हुए कहा।

"क्या तुम शालू से प्रेम करते थे और उससे शादी भी करना चाहते थे?" राधिका ने सीधे-सीधे पूछा।

"यह सच है, राधिका। शालू मेरी बचपन की मित्र थी, और वह मुझे बहुत अच्छी भी लगती थी," नवीन को न चाहते हुए भी झूठ का सहारा लेना पड़ा। कभी-कभी किसी रिश्ते को बचाने के लिए झूठ बोलना ही श्रेयस्कर होता है।

"तो फिर तुमने उससे शादी क्यों नहीं की ?" राधिका ने जानना चाहा।

"वह मुझे अच्छी लगती थी। इसका मतलब यह तो नहीं कि जिससे मुझे अच्छा लगे, मैं उससे शादी ही कर लूं?" नवीन ने सफाई दी।

"मेरा मतलब यह कदापि नहीं था," राधिका ने कहा। "लेकिन यह बात तुम्हारे दिमाग में आई कहां से?" नवीन ने पूछा।

"रात को सोते समय तुम स्वप्न में बोल रहे थे, 'शालू! मेरी शालू, कहां हो तुम। आ जाओ मेरे पास। मैं कब से तुम्हारी राह देख रहा हूं।" राधिका ने

खुलासा किया।

"सच में मैं ऐसा कह रहा था?" सच्चाई को यूं प्रकट होते देख नवीन ने सम्भलने का प्रयास किया।

"बिल्कुल। तभी तो मैंने पूछा कि यह शालू कौन है।"

"यार! यह स्वप्न भी, आराम से किसी को सोने नहीं देते," नवीन ने थोड़ी झुंझलाहट प्रकट करते हुए कहा।

"क्या सुबह से इसलिए तुम्हारा मूड खराब था?" नवीन ने पूछा।

"नहीं। यह तो मैंने ऐसे ही पूछ लिया कि यह कौन है, जिसे सपने में भी तुम पुकार रहे थे।"

"तो फिर क्या बात थी? सुबह से ही तुम चिंतित क्यों थी?" नवीन ने चिंता जताई।

"मेरा स्वास्थ्य कुछ ठीक नहीं।" राधिका ने धीरे से कहा।

"तो तुमने मुझे बताया क्यों नहीं? अब बता रही हो। हम कटरा में ही तुम्हें किसी डॉक्टर को दिखा कर दवा ले लेते," नवीन ने चिंतित होते हुए कहा।

"मैंने सोचा कि व्यर्थ में ही आप चिंतित होंगे। यात्रा का आनंद ही नहीं रहेगा," राधिका ने सफाई दी।

"यह कोई बात है? तुम इतनी तकलीफ में रहो और मुझे बताओ भी नहीं?" नवीन ने नाराजगी जताई।

"आप चिंतित न हों, अब मैं ठीक हूं," राधिका ने कहा।

"मुझे मालूम है कि तुम कितना ठीक हो। अब घर पहुंचकर सबसे पहले तुम्हें किसी अच्छे डॉक्टर को दिखाना है। उसके पश्चात ही कोई दूसरा काम होगा," नवीन ने दृढ़ स्वर में अपना निर्णय सुनाया।

नवीन को इस प्रकार अपने लिए चिंतित देख कर राधिका को उस पर

प्यार आ गया। कितना ख्याल रखते हैं ये मेरा, और मैं व्यर्थ ही मन में इनके विषय में न जाने क्या-क्या सोचने लगी थी। अब सपनों की बातों पर भी कोई इस तरह विश्वास करता है भला। यह सोचते हुए राधिका के चेहरे पर एक स्निग्ध सी मुस्कान तिर गई।

(7)

घर वापस आने पर अगले ही दिन नवीन राधिका को डॉक्टर के पास ले गया। राधिका की पूरी जांच करने के पश्चात डॉक्टर ने उन्हें बधाई दी और कहा कि चिंता की कोई बात नहीं है। राधिका मां बनने वाली है।

यह सुनकर दोनों बहुत प्रसन्न हुए। अब नवीन राधिका का पहले से अधिक ध्यान रखने लगा। उसने राधिका को अधिक काम करने से मना कर दिया और विशेष रूप से यह हिदायत दी कि वह किसी भी प्रकार का तनाव ना ले।

जैसे–जैसे राधिका के माँ बनने का समय समीप आने लगा, नवीन अधिक समय घर पर ही बिताने लगा और उसकी छोटी से छोटी आवश्यकता का भी पूरा पूरा ध्यान रखने लगा। इसके लिए उसने कार्यालय से अवकाश भी ले लिया था।

नवीन राधिका के मनोरंजन के लिए अच्छी-अच्छी पुस्तकें और समाचार पत्र लाकर उसे पढ़ने के लिए देने लगा। राधिका, नवीन की लिखी हुई रचनाएँ बहुत रुचि से पढ़ती और नवीन को अपने पति के रूप में पाने पर पर गर्व महसूस करती। राधिका पढ़ी-लिखी और समझदार तो थी ही, उसे नवीन पर पूरा विश्वास भी था और वह उससे बहुत प्यार करती थी। उसने फिर कभी नवीन से शालू के विषय में कोई बात नहीं की। कटरा से वापस लौटते समय हुई बातचीत को भी उसने साधारण रूप में ही लिया था और विस्मृत कर दिया था।

इसी मध्य एक बार नवीन राधिका को उसके माता पिता से मिलाने के

लिए उसके मायके भी ले गया था। जहां वह अपने माता पिता से मिलकर और नया बनाया है मकान देख कर बहुत प्रसन्न हुई थी। वो दोनों वहां पर तीन घण्टे रहे थे और फिर वापस अपने घर आ गए थे। नवीन राधिका को हर प्रकार से प्रसन्न रखना चाहता था।

मनुष्य जीवन में बहुत कुछ और कई प्रकार की बातें सोचता है, लेकिन प्रारब्ध में होता तो वही है जो ईश्वर चाहता है। वह हमेशा वही देता है जो उसकी इच्छा होती है, ना कि जो मनुष्य की इच्छा होती है।

एक दिन राधिका ने एक समाचार पत्र में शालिनी के किसी कार्यक्रम के विषय में पढ़ा, तो उसने नवीन से पूछा, "नवी ! यह शालिनी क्या तुम्हारी बचपन की मित्र शालू है?”

"हाँ !” नवीन ने उत्तर दिया।

" वह इतनी महान हैं, तुमने तो कभी मिलवाया नहीं उससे। मैं एक बार उनसे मिलना चाहती हूं।” राधिका ने मनुहार मानों करते हुए कहा।

"ठीक है, मिलवा दूंगा कभी।”

"ना जाने तुम कब मिलवाओगे, मैं अभी मिलना चाहती हूँ।”

"अभी तुम्हारी तुम्हारा स्वास्थ्य ठीक नहीं है। जब तुम पूरी तरह से स्वस्थ हो जाओगी, तब एक दिन उससे मिलने चलेंगे।” नवीन ने कहा।

"नहीं ! मुझे अभी मिलना है।”

"अभी मिलने के लिए तुम इतना हठ क्यों कर रही हो ? मिलवा किसी दिन, जब तुम पूर्णतया ठीक हो जाओगी।”

"पश्चात का क्या भरोसा, नवी ! वैसे तो मैंने टी.वी. पर कई बार शालिनी बहन का कार्यक्रम देखा और सुना है, लेकिन मुझे यह नहीं मालूम था कि यही शालिनी बहन तुम्हारी बचपन की मित्र शालू है। मैं उससे मिलकर बातें करना चाहती हूँ।”

"अवश्य ! मैं तुम्हें उससे अवश्य ही मिलवाऊँगा। शालू बहुत अच्छी है, तुम्हें उससे मिलकर बहुत अच्छा लगेगा," नवीन ने कहा।

"क्या तुम मुझे उस से अभी नहीं मिलवा सकते? मैं चाहती हूँ कि आने वाले बच्चे पर उनके व्यक्तित्व का प्रभाव पड़े।" राधिका ने अनुरोध किया।

"ठीक है, मैं प्रयास करूँगा,"नवीन ने उसे आश्वासन देते हुए कहा।

कुछ ही दिन व्यतीत हुए थे कि एक दिन नवीन ने आ कर राधिका को सूचना दी, "शालिनी इसी शहर में आई हुई हैं। दो दिन पश्चात ही हम उससे मिलने चलेंगे।"

यह सुनकर राधिका बहुत प्रसन्न हुई, और भीतर ही भीतर नवीन भी प्रसन्न था। अंततः, उसकी भी शालू से भेंट होगी। कितनी विचित्र बात थी ! कैसे कभी-कभी मनुष्य दो चरित्र जीने पर विवश हो जाता है। नवीन शालू को बहुत चाहता था, पर वह राधिका के प्रति अपने दायित्व को भी नहीं भूल सकता था। शालू के प्रति उसकी चाहत उसकी प्रकृति थी, जबकि राधिका के प्रति उसका प्रेम उसका दायित्व था। दो चरित्रों को एक साथ जीना और उन्हें एक-दूसरे से छुपाए रखना कितना कठिन और दर्दनाक हो सकता है, यह तो केवल नवीन ही जान सकता था, या जो इसे झेल रहा हो।

नवीन अपने दायित्व का पूर्ण निष्ठा से निर्वहन कर रहा था। वह राधिका की हर इच्छा को पूर्ण करने का प्रयास करता था। उसने महसूस किया कि राधिका की शालू से मिलने की इच्छा है और वह बच्चे के जन्म से पूर्व ही उसके लिए शालिनी का आशीर्वाद लेना चाहती है, तो यह अच्छा ही है। इसी बहाने उसकी भी एक बार फिर से अपनी शालू से भेंट हो जाएगी।

नवीन ने एक दिन राधिका को तैयार किया और राधिका से मिलने के लिए चल पड़ा। नवीन प्रसन्न था कि आज बहुत दिनों पश्चात वह फिर अपने बचपन की उस मित्र को देखेगा जिसे वह दिल की गहराइयों से चाहता आया

है और राधिका शायद इसलिए प्रसन्न थी कि कभी कभी मनुष्य को ऐसा कुछ देखने पर भी अतीत प्रसन्नता का अनुभव होता है, जिसे कि उसे चाहने वाला कभी बहुत चाहता रहा हो।

जैसे ही दोनों शालिनी की हवेली पर पहुंचे तो मुख्य द्वार पर ही उन्हें गेटकीपर ने रोक लिया।

"किससे मिलना है आपको?"

"हमें शालिनी बहन जी से मिलना है।" राधिका ने कहा।

"आप भीतर जाकर उन्हें संदेश दे दीजिए कि नवीन भारद्वाज उनसे मिलने आये हुए हैं।"

"कौन नवीन भारद्वाज?"

"आप बस उन्हें इतना ही बता दीजिए। वह हमें बुला लेंगी। वह हमें जानती हैं।" नवीन ने कहा। गेटकीपर उन्हें घूरने लगा।

"आप जाकर उन्हें हमारा संदेश तो दीजिए। यदि वह नहीं बुलाएंगी तो हम वापस चले जाएंगे।"

इस पर गेटकीपर ने उन्हें थोड़ी देर प्रतीक्षा करने के लिए कहा और अपने दूसरे साथी को भीतर जाकर सूचना देने के लिए भेज दिया। थोड़ी ही देर में वो वापस आ गया और उसने अपने साथी से कहा की शालिनी बहन जी इन्हें भीतर बुला रही हैं।

गेटकीपर ने उन्हें अपने साथी के साथ भीतर भेज दिया।

शालिनी ने उन्हें देखते ही मुस्कुराते हुए उन दोनों का स्वागत किया। नवीन ने राधिका का शालिनी से परिचय करवाया, "यह मेरी पत्नी राधिका है।"

"बहुत प्यारी और सुन्दर है हमारी राधिका बहन। वास्तव में ही आप दोनों की राधा और मोहन की ही जोड़ी है।" शालिनी ने कहा।

"राधिका की बहुत दिनों से आपसे मिलने की इच्छा थी।"

"अच्छा ! आओ राधा बहन मेरे पास बैठो।" शालिनी ने उसे अपने पास बिठाया।

"टी. वी. पर तो यह आपके कार्यक्रम बहुत ध्यान से सुनती हैं और आप से मिलना चाहती थी।"

शालिनी नवीन की बात सुनकर धीमे से मुस्कुरा दी।

"आज इसकी भी इच्छा पूर्ण हो गई और आपकी भी।"

"मेरी ! मेरी कौन सी इच्छा पूर्ण हुई?" शालिनी ने पूछा।

'आप कहती थी न कि मैं शीघ्र ही शादी कर अपनी पत्नी से आपको मिलाऊं।"

"हां भाई ! यह तो मैं तुमसे कहती ही थी कि शीघ्र ही शादी कर अपनी गृहस्थी बसाओ। यह तो वास्तव में ही मेरी इच्छा पूर्ण हुई है। तुम्हें पता है राधिका बहन, यह शादी ही नहीं करना चाहता था। कहता था कि मैं शादी ही नहीं करूंगा।"

शालिनी की बात सुनकर राधिका भी मुस्कुरा दी और फिर उसने शालिनी के सम्मुख हाथ जोड़ते हुए कहा, "आप कृपा कर हमें और आने वाले अतिथि को आशीर्वाद दें। हमें भी कोई सही राह दिखाएं ताकि हमारा भी कल्याण हो सके।" फिर लज्जाते हुए ही उसने शालिनी से कहा, "आप कृपा कर हमें और आने वाले अतिथि को आशीर्वाद दें। हमें भी कोई सही राह दिखाएं ताकि हमारा भी कल्याण हो सके।"

"अवश्य राधा बहन ! नवी तो मेरा बचपन का मित्र है। मेरी शुभकामनाएं तो हमेशा ही आप दोनों के साथ हैं। मेरी तो ईश्वर से दुआ है कि आप दोनों को जीवन की सारी खुशियां मिलें और उसकी कृपा हमेशा ही आप पर बनी रहे।"

कुछ क्षण रुककर शालिनी ने फिर कहा, एक प्रसिद्ध संस्कृत श्लोक है, इसे हमेशा याद रखना: **"आनन्दो भवति बुद्ध्यात्, न त्विन्द्रियाणि कर्माणि च।"** इसका अर्थ है, "आनंद बुद्धि से आता है, इंद्रियों या कर्मों से नहीं।" यह श्लोक हमें बताता है कि सच्चा आनंद बाहरी चीजों या कार्यों से नहीं मिलता है, बल्कि हमारे मन की स्थिति पर निर्भर करता है। जब हमारी बुद्धि शांत और प्रसन्न होती है, तो हम किसी भी परिस्थिति में प्रसन्न रह सकते हैं।

"परहितं परामोदम्, स्वहितम् स्वानंदम्"अर्थात, दूसरों की प्रसन्नता में हमारी प्रसन्नता है और अपनी प्रसन्नता में ही दूसरों की प्रसन्नता है।

यह श्लोक इस बात पर बल देता है कि हमें अपनी प्रसन्नता के साथ ही दूसरों की प्रसन्नता का भी ध्यान रखना चाहिए। तभी हमें जीवन में सच्ची प्रसन्नता की प्राप्ति हो सकती है।"

"आपने बहुत सही कहा। मुझे बताएं कि मुझे जीवन में क्या करना चाहिए?"

"तुम जीवन में जो भी कार्य कर रहे हो उसे ईश्वर प्रदत्त कार्य समझते हुए पूर्ण मनोयोग से करते रहो। यही तुम्हारा कर्तव्य है। तुम लिखने का कार्य करते हो, उसी के माध्यम से जन कल्याण का कार्य करते रहो। इसके अतिरिक्त अपने घर गृहस्थी के प्रति जो आपका कर्तव्य है उसका पालन करो।" कहते हुए कुछ क्षण रुककर शालिनी ने फिर कहा, "जीवन में आपको वो नहीं मिलता जिसे आप चाहते हैं, बल्कि वो मिलता है जो ईश्वर आपको देना चाहते है।"

"बहुत प्रसन्नता हुई आपसे मिलकर शालिनी बहन जी ! आज आपसे बहुत ज्ञान की बातें सुनी और बहुत कुछ सीखने को मिला। मेरी बहुत इच्छा थी आपसे मिलने की।" राधिका ने शालिनी से कहा।

"फिर भी आना कभी राधिका बहन, जब समय मिले तो। मुझे भी बहुत अच्छा लगा आप से मिलकर। इसी बहाने से नवीन से भी भेंट हो गई। यह भी बहुत समय पहले एक बार आया था मुझसे मिलने। उसके पश्चात फिर दिखाई ही नहीं दिया।"

"अवश्य ही आएंगे। अब आप हमें अनुमति दीजिए।" शालिनी ने उठ कर अपने हाथ जोड़ते हुए कहा।

शालिनी भी उठकर उनके साथ ही चलती हुई उन्हें विदा करने हवेली के मुख्य द्वार तक चली आयी और उन्हें विदा किया।

(8)

धीरे-धीरे समय व्यतीत होने लगा। एक दिन सहसा ही राधिका के पेट में असहनीय दर्द होने लगा। स्थिति की गंभीरता को देखते हुए उसे तुरंत अस्पताल ले जाया गया।

डॉक्टरों ने जांच के पश्चात उसे आपातकालीन स्थिति में भर्ती कर लिया। उन्होंने बताया कि गर्भ में बच्चे की स्थिति सामान्य नहीं थी। इसलिए राधिका के तुरंत ही ऑपरेशन के अतिरिक्त कोई अन्य विकल्प नहीं था।

ऑपरेशन थिएटर जाने से पहले राधिका ने डॉक्टरों से एक बार फिर नवीन से मिलने की अपनी इच्छा व्यक्त की। समय बहुत कम था, और डॉक्टर अधिक देर नहीं करना चाहते थे। लेकिन राधिका की भावनाओं को समझते हुए उन्होंने उसकी यह इच्छा पूरी करने की अनुमति दे दी और नवीन को भीतर बुला लिया।

नवीन को देखते ही राधिका की आँखें भर आईं। उसने नवीन का हाथ पकड़ते हुए कहा, "नवी ! मुझे नहीं पता कि मैं बच पाऊँगी या नहीं, लेकिन मैं चाहती हूँ कि कम से कम हमारा बच्चा, हमारे प्यार की निशानी सुरक्षित रहे। उसे कुछ ना हो। तुम अपना और उसका ध्यान रखना।" कहते हुए राधिका की आँखों में आँसू उमड़ पड़े। उसकी बातों में गहराई और एक विचित्र-सी दृढ़ता थी, जो नवीन को अंदर तक झकझोर गई। उसकी भी आँखों से आंसू छलकते हुए उसकी गालों पर उमड़ आये।

"यह कैसी बातें कर रही हो, राधा? तुम्हें कुछ नहीं होगा। मेरी डॉक्टरों से बात हुई है। वो कह रहे हैं कि यह मामूली सा ऑपरेशन है। तीन–चार दिनों में ही हम घर वापस जा सकते हैं।" नवीन ने उसे सांत्वना देते हुए कहा।

राधिका हल्के से मुस्कुराई और बोली, "हो सकता है। ईश्वर करे कि मुझे तुम्हारे साथ अधिक से अधिक समय बिताने का अवसर मिले। मैं भी तुम्हारा साथ छोड़कर नहीं जाना चाहती। लेकिन नवी ! होने को तो कुछ भी हो सकता है।"

नवीन को समझ में नहीं आ रहा था कि वह उसे कैसे समझाएं। जब कि उसकी तो स्वयं की भी ऐसी अवस्था हो गई थी कि उसे भी सांत्वना दिए जाने की आवश्यकता थी। वह भी भीतर ही भीतर से बहुत घबरा गया था। उसने डॉक्टरों से रोते हुए प्रार्थना की, "डॉक्टर साहब, जैसे भी हो, मेरी राधा को ठीक कर दीजिए।"

डॉक्टर ने उसे भरोसा दिलाते हुए कहा, "आप घबराएं नहीं। हम अपनी ओर से पूरा प्रयास कर रहे हैं। उसे कुछ नहीं होगा। वह शीघ्र ही ठीक हो जाएगी।"

नवीन के साथ उसके कार्यालय के कुछ सहयोगी और पड़ोस के कुछ लोग भी उपस्थित थे। वो उसे सांत्वना देते हुए उसका मनोबल बढ़ाने का प्रयास कर रहे थे। इस मध्य, राधिका के माता-पिता भी अस्पताल पहुँच गए थे। नवीन ने उन्हें पहले ही सूचित कर दिया था। वो भी बहुत घबराए हुए थे।

ऑपरेशन आरम्भ हो गया। डॉक्टरों ने तुरंत ही नवीन को रक्त की व्यवस्था करने के लिए कहा, लेकिन दुर्भाग्य से, अस्पताल में राधिका के रक्त समूह का रक्त उपलब्ध नहीं था। ऐसी स्थिति में, नवीन और उसके एक सहयोगी ने रक्तदान किया।

समय धीरे-धीरे व्यतीत हो रहा था। हर व्यतीत होते पल के साथ सभी की बेचैनी बढ़ती जा रही थी। ऑपरेशन थिएटर की ओर हर किसी की निगाहें टिकी हुई थी, मानो वो बस उस पल की प्रतीक्षा कर रहे हों जब लाल बल्ब हरा हो जाए और डॉक्टर बाहर आकर कहें कि ऑपरेशन सफल हो गया है।

थोड़ी ही देर में राधिका को वार्ड में शिफ्ट कर दिया जाएगा। फिर आप जाकर उस से मिल सकते हैं।

किन्तु ऑपरेशन था कि समाप्त होने का नाम ही नहीं ले रहा था। एक घंटे से अधिक समय बीत चुका था। सहसा ऑपरेशन थिएटर के दरवाजे पर जल रहा लाल बल्ब हरा हो गया। दरवाजा खुला, और डॉक्टर बाहर निकले। उनके साथ दो नर्सें भी थीं। डॉक्टर का चेहरा गंभीर था। नवीन और राधिका के माता-पिता तुरंत ही डॉक्टर के पास लपके।

डॉक्टर ने नवीन के कंधे पर सांत्वना भरा हाथ रखते हुए धीमे और दुख भरे स्वर में कहा, "सॉरी, नवीन ! हमने पूरा प्रयास किया, लेकिन मां और बच्चे में से किसी को भी नहीं बचा सके।"

डॉक्टर के शब्द सुनते ही नवीन की दुनिया सांसें ही जैसे थम गई। उसकी आँखें स्थिर हो गईं, और घुटनों से मानो सारी शक्ति ही छीन सी गई। वह पलभर के लिए काठ का बुत सा बनकर खड़ा रह गया। उसे गहरा सदमा लगा था। आंखें निस्तेज सी हो गई थीं और चेहरे की रंगत उड़ गई थी।

चारों ओर एक भारी सन्नाटा छा गया, जिसमें केवल दुःख और असहायता की गूंज सुनाई दे रही थी। राधिका के माता-पिता के आँसू रुकने का नाम नहीं ले रहे थे। वो फूट-फूटकर रो रहे थे। मां को तो और भी बुरा हाल था। आसपास उपस्थित सभी लोग उन्हें सांत्वना देने और संभालने का प्रयास कर रहे थे, लेकिन उनका दर्द इतना गहरा था कि कोई भी शब्द उनके दर्द को कम करने में व्यर्थ था।

नवीन अभी भी अपनी स्थान पर ही खड़ा था, जैसे उसकी आत्मा उसके शरीर को छोड़ कर दूर कहीं शून्य में खो गई हो। धीरे-धीरे, उसके सहयोगियों ने उसे संभालने का प्रयास किया, लेकिन उसके कानों में डॉक्टर के शब्द बार-बार गूंज रहे थे, "सॉरी, नवीन ! हमने पूरा प्रयास किया, लेकिन राधिका

और बच्चे को बचा नहीं सके।"

(9)

अपने जीवन में मनुष्य बहुत कुछ चाहता है, और जब वह उसे नहीं पाता, तो उसका दुख अपनी पराकाष्ठा तक पहुँच जाता है। उस समय संसार की कोई भी चीज उसे आकर्षित नहीं कर पाती। चारों ओर सब कुछ सूना-सूना लगता है, और वह स्वयं को पूरी तरह असहाय सा महसूस करने लगता है।

नवीन के साथ भी कुछ ऐसा ही हो रहा था। वह अपनी पत्नी और बच्चे को को खोने के पश्चात बहुत दुखी हो गया था। इस समय वह अपनी पत्नी की अस्थियां लेकर हरिद्वार आया हुआ था और अपनी बेटी और बच्चे की आत्मा की शांति के लिए प्रार्थना कर रहा था।

सभी धार्मिक अनुष्ठान और आवश्यक कर्मकांड पूरे करने के पश्चात, वह उदास मन से गंगा नदी के घाट पर बैठा हुआ था। उसका मन संसार में व्याप्त सभी मोह माया के बंधनों को छोड़कर संन्यास के मार्ग को अपनाने की ओर आकर्षित हो रहा था। वह सोच रहा था कि यहां से हिमालय की ओर प्रस्थान कर जाए और अपना शेष जीवन किसी साधु-संन्यासी के साथ बिताए।

बहुत देर तक वह इसी प्रकार अकेला बैठा हुआ था। तरह-तरह के विचार उसके मन में उठ रहे थे। समय जैसे उसके लिए थम गया सा ही गया था। समय व्यतीत हो रहा था। इसी मध्य कब शाम ढल गई और धीरे-धीरे रात भी अपनी बाहें फैलाने लगी थी, कुछ पता ही नहीं चला।

तभी न जाने किस दिशा से एक साधु महाराज आकर उसके पास खड़े हो गए। उन्होंने नवीन के कंधे पर अपना स्नेह भरा हाथ रखते हुए पूछा, "क्या बात है, बेटा? क्या सोच रहे हो ? किस चिंता में डूबे हुए हो?"

नवीन ने अपने सामने साधु महाराज को देखा तो तुरंत ही उठ कर उन्हें प्रणाम किया, "प्रणाम, महाराज !"

"क्या सोच रहे हो? कोई चिंता या उलझन है ?"

"बहुत सी उलझने हैं महाराज। एक उलझन हो तो बताऊँ। समझ में नहीं रहा कि ऐसा मेरे साथ क्यों हुआ है। मैं इतना बुरा भी तो नहीं हूँ महाराज। मैंने आज तक जीवन में कभी किसी के लिए ना ही तो बुरा सोचा है और ना ही किसी के साथ बुरा किया ही है।" नवीन ने अपनी अश्रुपूरित आंखों को पोंछते हुए कहा।

"चिंतित ना हो, पुत्र ! कभी कभी प्रारब्ध मनुष्य की परीक्षा लेता है। सब भला ही होगा। आओ, मेरे साथ। आज रात मेरा आतिथ्य स्वीकार करो। मैं तुम्हारी सभी शंकाओं का समाधान करने का प्रयास करूंगा," साधु महाराज ने हाथ उठाकर उसे आशीर्वाद देते हुए कहा।

नवीन साधु महाराज के स्नेह भरे शब्दों से बहुत प्रभावित हो गया था। वह यंत्रवत सा उठ खड़ा हुआ और साधु महाराज के पीछे-पीछे चल पड़ा। साधु महाराज उसे लेकर चलते-चलते सात सरोवर से लगभग एक किलोमीटर आगे ले आए। वहाँ गंगा नदी का पाट बहुत चौड़ा था, और पानी बहुत कम। साधु महाराज नदी में उतर गए। नवीन ने भी उनका अनुसरण करते हुए उनके पीछे पीछे ही नदी में उतर गया। कुछ ही देर में दोनों ने गंगा नदी को पार कर लिया और शीघ्र ही एक वन क्षेत्र में प्रवेश किया।

थोड़ी दूर चलने के पश्चात, वहां पर एक कुटिया दिखाई दी। साधु महाराज ने कुटिया में प्रवेश करते हुए नवीन को भी भीतर आने के लिए कहा। कुटिया के भीतर प्रवेश करते ही उन्होंने नवीन को एक ओर बिछे आसन पर आराम से बैठने के लिए कहा और स्वयं कुटिया से बाहर चले गए।

नवीन चुपचाप मायूस सा, गुमसुम विचारों में खोया हुआ, बैठा रहा। थोड़ी ही देर में साधु महाराज वापस कुटिया में आए। उनके साथ एक युवा संन्यासी भी था, जिसके हाथों में कुछ खाद्य और पेय पदार्थ थे।युवा संन्यासी ने वहाँ पर बिछे हुए आसान और नवीन के सामने तीन केले के पत्तल बिछाए और उन पर खाद्य और पेय पदार्थ परोसा दिए।

साधु महाराज, नवीन, और युवा संन्यासी तीनों ही आसनों पर बैठ गए और साथ मिलकर भोजन करने लगे।

भोजन करने के पश्चात साधु महाराज कुटिया से बाहर आ गए और उन्होंने नवीन को भी अपने साथ बाहर आने का संकेत दिया। युवा संन्यासी कुटिया में रुक कर आवश्यक कार्यों में लग गया। साधु महाराज के साथ नवीन भी बाहर आकर खुले और शांत वातावरण में टहलने लगा। थोड़ी देर पश्चात, जब युवा संन्यासी अपने कार्यों से निवृत्त हुआ तो वह भी कुटिया से बाहर आ गया और साधु महाराज और नवीन के साथ साथ ही टहलने लगा।

साधु महाराज उस समय नवीन से वार्तालाप में मग्न थे। वह उसे समझाते हुए कह रहे थे, "तुम्हारे यहां हरिद्वार में आने और यूँ चिंतित होने का क्या कारण था पुत्र ?"

तब नवीन ने उन्हें सारी बात बताई। वह अपने माता पिता के स्वर्गवास के पश्चात अकेला था और तब राधिका ने उसके जीवन में प्रवेश कर उसे सहारा दिया। किन्तु थोड़ी ही देर में ईश्वर ने उसे और उसके बच्चे को भी अकस्मात् ही उससे छीन लिया। बताते हुए उसकी आँखें भर आईं। उसने रुआंसे स्वर में कहा, "लेकिन महाराज ! ऐसा मेरे साथ क्यों हुआ कि मैंने जीवन में जिसे भी चाहा, वही मुझसे दूर हो गया? मैंने इस जीवन में तो किसी का कोई अहित किया नहीं, पिछले जन्म में बुरे कर्म किये थे मैंने जो में मुझे उसकी ऐसी सजा मिली। अंतत भगवान क्यों मुझ से इस प्रकार रुष्ट हैं"

साधु महाराज ने शांत स्वर में उत्तर दिया, "ऐसा इसलिए नहीं है कि भगवान तुमसे रुष्ट हैं, या तुम्हें कोई सजा देना चाहते हैं, बल्कि इसलिए है कि भगवान ने तुम्हारे लिए कुछ विशेष चयन किया है। कुछ ऐसा, जिसके लिए तुम ही उपयुक्त हो। कभी सोचा है तुमने कि भगवान ने अपने भक्त प्रह्लाद को इतना कष्ट क्यों दिया? हरिश्चंद्र को क्यों अपने राजपाट, पत्नी और पुत्र का वियोग सहना पड़ा? ऐसे कई उदाहरण हैं, जब सच्चे, ईमानदार और ईश्वर-भक्त लोगों को बड़े-बड़े दुख सहने पड़े। क्योंकि वे ही उन परिस्थितियों के लिए उपयुक्त पात्र थे।

साधु महाराज ने गंभीर स्वर में कहा, "अब भगवान ने तुम्हारी मुझसे भेंट कराई है, तो यह समझ लो कि यह सब भी ईश्वरीय प्रेरणा से ही हुआ है।"

नवीन ने गहरी साँस लेते हुए कहा, "महाराज ! मैं वानप्रस्थ जीवन अपनाना चाहता हूँ।"

साधु महाराज उसकी बात सुनकर मुस्कुराए और बोले, "वत्स ! वानप्रस्थ जीवन को अपनाना बुरा नहीं है, लेकिन यह परिस्थिति से प्रभावित होकर नहीं, बल्कि नियत समय पर ईश्वरीय प्रेरणा और स्वाभाविक रूप से अपनाना चाहिए। तुम जो बात कर रहे हो, यह परिस्थितियों में जीवन से निराश होकर भागने जैसा है।

जब उचित समय आएगा, तब ही वानप्रस्थ जीवन को अपनाना श्रेयस्कर होगा।"

नवीन ने सिर झुकाकर पूछा, "तो इस समय मेरे लिए क्या आज्ञा है, महाराज?"

साधु महाराज ने थोड़ी देर पश्चात शांत और दृढ़ स्वर में कहा, **"कर्मण्येवाधिकारस्ते।"**

फिर समझाते हुए कहा, "इसका संपूर्ण अर्थ है: कर्म करते रहो।

तुम्हारा अधिकार केवल कर्म करने में है।

यह श्लोक भगवान श्रीकृष्ण ने गीता में अर्जुन को दिया था। इसमें वे बताते हैं कि मनुष्य का अधिकार केवल अपने कर्तव्यों (कर्म) के निर्वाह में है, लेकिन कर्म के फल पर नहीं। हमें परिणाम की चिंता किए बिना अपने कर्म करने चाहिए।

यह संदेश यह भी स्पष्ट करता है कि मनुष्य को सदैव ही अपने कर्तव्यों का पालन करना चाहिए और फल की चिंता छोड़ देनी चाहिए, क्योंकि फल पर उसका नियंत्रण नहीं है।"

नवीन गहरी सोच में डूब गया। प्रतिउत्तर में उसने कुछ नहीं कहा और निमग्न सा साधु महाराज की बातों को आत्मसात करने का प्रयास करता रहा।

साधु महाराज ने पुनः कहा,"गीता का एक और श्लोक है: **'उत्तिष्ठ परन्तप !'**

इसका अर्थ है कि परिस्थिति कैसी भी हो, तुम हार नहीं मानी और अपने ईश्वर-प्रदत्त कर्तव्य में लगो और डटे रहो।

मनुष्य को कभी भी किसी भी परिस्थिति में विचलित नहीं होना चाहिए। यही मनुष्य का धर्म है और यही उसका कर्तव्य भी।"

नवीन ने प्रभावित होकर कहा, "आप सत्य कह रहे हैं, महाराज ! शायद मैं कुछ भ्रमित हो गया था। अब मैं आपके दिशा-निर्देशों के अनुसार ही जीवन यापन करने का प्रयास करूंगा। मेरे लिए यही श्रेयस्कर है।"

तुम जो भी कार्य कर रहे हो, उसे ही निस्वार्थ भाव से करते हुए भगवान को समर्पित करते चलो।

"जी !" नवीन ने साधु महाराज को आदरपूर्वक कहा और उन्हें नमस्कार किया। फिर उसने विनम्रता से पूछा, "क्या अब मुझे जाने की अनुमति है,

महाराज?"

       "अवश्य वत्स ! लेकिन इस समय अंधेरा होने को है। प्रातः भोजन करने के पश्चात ही प्रस्थान करना। अब तुम चाहो तो कुटिया में जाकर आराम कर सकते हो," साधु महाराज ने कहा और फिर स्वयं ध्यान में मग्न हो गए।

(10)

कहते हैं कि सुख के दिन व्यतीत होते पता नहीं चलता, और दुख के दिन कभी व्यतीत होने को ही नहीं आते। नवीन के साथ भी शायद ऐसा ही कुछ हो रहा था। शायद इसलिए कि जब उसने शालिनी को दिल की गहराइयों से चाहा था, तो उस समय का दुख और पीड़ा उसे आज तक नहीं भूल पाई थी। उन दिनों की यादें और विरह का दर्द उसे आज तक भीतर ही भीतर से जलाए जा रहे थे।

फिर जब समय ने उसे कुछ पल खुशियों के दिए, तो उनके भी व्यतीत होने का उसे पता नहीं चला। अब वह फिर से अपने गम के सागर में डूब गया था। एक तो शालिनी के बिछोह का ग़म ही उसे जीने नहीं दे रहा था, उस पर जो कुछ पल उसने राधिका के साथ बिताए थे, उन यादों का दर्द भी उसे सता रहा था।

उसकी समझ में ही नहीं आ रहा था कि अब वह जिए भी तो कैसे जिए? किसके सहारे जिए? उसके लिए तो जी पाना ही कठिन हो गया था। केवल दुखते हुए जख्मों और व्यतीत हुए लम्हों की यादों के सहारे ही जीना भी तो मुमकिन नहीं होता।

ऐसे में हरिद्वार में साधु महाराज द्वारा दिया हुआ प्रवचन और ज्ञान उसे बहुत सहारा दे रहे थे। उसे जीवन व्यतीत करने के लिए प्रोत्साहित और उसका मार्गदर्शन कर रहे थे।

नवीन ने अपने कार्यालय में ज्वाइन कर लिया था। अब वह अपना अधिक से अधिक समय वहीं व्यतीत करने का प्रयास करता था। फिर जब वह वापस घर आता, तो अपने आप को आवश्यक कार्यों में व्यस्त कर लेता।

लेकिन अब उन यादों का क्या किया जाए, जो बार-बार उसके दिमाग में उभर आती थी और उसे दुखी और बेचैन कर देती थीं।

ऐसे ही पलों में जब वह बहुत उदास हो जाता और अपने आप को बहुत ही उदास और असहाय सा महसूस करने लगता तो वह कागज़ कलम लेकर बैठ जाता और अपने विचारों को कागज़ पर उतारने लगता। उसका लिखना तो बहुत पहले से ही छूट ही गया था, जब उसके माता पिता की मृत्यु हुई थी। लेकिन उसके पश्चात उसके बहुत से पाठकों के नवीनतम रचनाओं के लिए अनुरोध किये जाने पर उसने आपने आप को कुछ संभाला था और फिर से लिखना आरम्भ कर दिया था। लेकिन तभी, राधिका बीमार हो गईं थी और उसका लिखना फिर से छूट गया।

लिखना तो विशेष रूप से एक लेखक के लिए जीने का सहारा ही होता है। उसने इसे फिर से जीने का सहारा बनाने का निश्चय कर लिया। ऐसा ही तो साधु महाराज ने भी उसे समझाते हुए उपदेश दिया था, "कर्मण्येवाधिकारस्ते।"

वह अपने कार्यक्षेत्र की व्यस्तता के साथ-साथ अपने लेखन के कार्य में भी लगा रहता। उसकी रचनाएं उसके पाठकों द्वारा बहुत पसंद की जा रही थीं और उसके पाठकों की संख्या भी निरंतर बढ़ती ही जा रही थी। पाठकों का प्यार, उसे उत्साह, शक्ति और प्रेरणा प्रदान कर करता था। इसी से प्रभावित होकर उसने अपनी जीवन गाथा पर आधारित एक उपन्यास भी लिखा, जिसमें उसने अपने जीवन का समस्त दुःख-दर्द उंडेल दिया। परिणामस्वरूप उसका यह उपन्यास इतना मार्मिक बन गया कि उसके पाठकों ने इसे हाथों –हाथ लिया। उसे उसके नियमित पाठकों के अतिरिक्त बहुत से नए पाठकों ने भी बहुत सराहा और प्यार दिया।

लेकिन नवीन इस सबके बावजूद भी पूरी तरह से प्रसन्न नहीं था। वह

अधिकांश समय अपनी ही दुनिया में खोया रहता था। उसका दुख और दर्द उसे चैन से जीने नहीं दे रहा था, और वह दुनिया की इस सारी चकाचौंध से स्वयं को विरक्त सा महसूस कर रहा था। उसके मन में बार-बार यह विचार आता था कि यह सब कुछ छोड़कर वह दुनिया के किसी दूरस्थ कोने में चला जाए, जहां उसके सिवा कोई दूसरा ना हो, वहां उसे सच्ची शांति प्राप्त हो सके। शायद भगवान की शरण में !

वह इस समय अपने आप को शाख के उस पंछी की तरह महसूस कर रहा था, जिसकी शाख टूट चुकी थी—वही शाख जो उसके जीवन का सहारा थी। जिस पर उसने सारा अपना जीवन व्यतीत किया था। यह सही ही और , शालिनी ही तो उसके जीवन का सहारा थी, लेकिन उसने न केवल उसका साथ छोड़ दिया, बल्कि अपने लिए एक अलग राह चुन ली थी। उसके पश्चात राधिका उसके जीवन में आई थी। उसने उसके जीवन को सहारा देने का प्रयास किया था, पर वह भी उसे इस दुनिया में अकेला छोड़कर चली गई। ऐसे में नवीन को किसका सहारा था?

साधु महाराज ने उसे उपदेश दिए और गहराई से समझाया भी था। उसने उन्हीं की दी हुई शिक्षाओं के अनुसार अपना जीवन व्यतीत करने का दृढ़ संकल्प किया। अपना अधिकांश समय वह अपने कार्यालय में ही व्यतीत करने के पश्चात, जब वह वापस घर आता तो फिर भोजन आदि से निवृत्त होने के पश्चात अध्ययन अथवा लेखन कार्य में व्यस्त हो जाता।

इसके अतिरिक्त, जब भी समय मिलता तो वह धार्मिक कार्यक्रमों में भाग लेता या विद्वानों से ज्ञान अर्जित करने का प्रयास करता। उसके इस नियमित प्रयास का परिणाम यह हुआ कि धीरे-धीरे उसकी प्रसिद्धि धार्मिक और सामाजिक क्षेत्रों में भी बढ़ने लगी।

लेखन कार्य तो वह पहले से ही करता था, और इस क्षेत्र में उसकी

पहचान पहले से ही बहुत मजबूत थी। अब उसके लेखन की दिशा भी धार्मिक और प्रेरक विषयों की ओर मुड़ने लगी। इसका सकारात्मक प्रभाव यह हुआ कि जिज्ञासु प्रवृत्ति के अनेक लोग उससे जुड़ने लगे। आमतौर पर इस प्रवृति के लोग उसके पास उसके घर पर भी आ जाते थे और उसके साथ परिचर्चा लेते थे।

धीरे-धीरे, उसके घर पर भी सत्संग और प्रवचन जैसे कार्यक्रम होने लगे। इस प्रकार, साधु महाराज के उपदेशों ने उसके जीवन को न केवल व्यक्तिगत रूप से समृद्ध किया, बल्कि समाज में भी उसे एक प्रेरणादायक व्यक्तित्व के रूप में प्रतिष्ठित कर दिया।

इसका परिणाम यह हुआ कि नवीन के लेखन में धार्मिकता और प्रेरणा का प्रभाव बढ़ने लगा। इसके साथ ही, उसके पाठकों की संख्या भी तेजी से बढ़ने लगी, और उसकी पुस्तकों की बिक्री भी अप्रत्याशित रूप से बढ़ गई। जिससे उसके प्रकाशक का लाभ भी कई गुना बढ़ गया।

उसकी बढ़ती प्रसिद्धि और पुस्तकें बेस्टसेलर बनने पर अन्य प्रकाशक भी उससे व्यापारिक संबंध स्थापित करने के प्रयास करने लगे। इसी क्रम में एक दिन उसे दिल्ली के दरियागंज क्षेत्र में स्थित स्थित 'ब्लूम प्रकाशन' के शैल चतुर्वेदी का फोन आया। उन्होंने नवीन से अनुरोध किया कि वे उससे मिलना चाहते हैं और उसके लिए उनकी सुविधानुसार समय निर्धारित करने का आग्रह किया।

नवीन ने कभी किसी से भी मिलने से मना नहीं किया था, चाहे वह पाठक हो, प्रकाशक हो, या किसी धार्मिक और सामाजिक विषय पर चर्चा करने वाला कोई अन्य व्यक्ति। उसने शैल चतुर्वेदी को अपनी सुविधानुसार मिलने की अनुमति दे दी।

अनुमति मिलने के तीन दिन पश्चात ही शैल चतुर्वेदी, नवीन से मिलने

चले आथे ये। बातचीत के मध्य उन्होंने नवीन से उसकी नवीनतम पुस्तक को इच्छा अनुसार मानदेय पर प्रकाशित करने का प्रस्ताव रखा। लेकिन नवीन की अंतरात्मा उसे स्वीकारने के लिए तैयार नहीं थी। वह अपने पहले प्रकाशक के प्रति निष्ठावान था, जिसने उसकी लेखनी के आरंभिक दिनों में उसका साथ दिया था। अधिक लाभ के लालच में वह अपने उस पुराने सहयोगी का साथ छोड़ने को तैयार नहीं था। इस विषय में उसने शैल चतुर्वेदी को स्पष्ट शब्दों में अपनी स्थिति बता दी।

इसके पश्चात शैल चतुर्वेदी ने नवीन के सामने एक और प्रस्ताव रखा। उन्होंने बताया कि वे प्रसिद्ध उपदेशक और कथा वाचक शालिनी बहन की जीवनी लिखवाना चाहते हैं और इसके लिए उन्होंने शालिनी बहन से पहले ही अनुमति भी ले ली है। यह सुनकर नवीन कुछ रोमांचित और विचलित हो गया।

उसे ऐसा प्रतीत होने लगा कि जैसे उसे फिर से किसी ने शालिनी के समीप जाने और उसके विषय में अधिक ज्ञात करने का निमंत्रण सा दे दिया है। यह सुनकर वह अनायास ही अपनी पुरानी स्मृतियों की वादियों में खो गया।

शैल चतुर्वेदी उसकी प्रतिक्रिया जानने के लिए उसके चेहरे को ध्यान से देख रहे थे। जब बहुत देर तक नवीन की ओर से कोई उत्तर नहीं मिला, तो उन्होंने फिर उस से कहा।

"सर, कम से कम इस प्रस्ताव के लिए तो मना मत कीजिए। मैंने बहुत कठिनाई से शालिनी बहन से इसकी अनुमति ली है।"

नवीन भी इस प्रस्ताव को ठुकराना नहीं चाहता था। यह एक विचित्र सत्य है कि मनुष्य आमतौर पर अपने खोए हुए प्यार के समीप आने का अवसर हमेशा तलाशता रहता है, चाहे वह पल क्षणिक ही क्यों न हो।

"ठीक है! आपका यह प्रस्ताव मुझे रुचिकर लगा। यह मेरे लिए भी एक नया अनुभव होगा। इतनी बड़े व्यक्तित्व की जीवनी लिखना वास्तव में ही मेरे लिए एक नया अनुभव और सम्मानजनक कार्य होगा। मुझे भी यह करने में प्रसन्नता होगी। लेकिन, फिलहाल मैं इसके लिए अपने वर्तमान प्रकाशक से अनुमति लिए बिना आपको अपनी स्वीकृति नहीं दे सकता। वैसे भी मेरा उनके साथ स्थाई अनुबंध है।"

"लेकिन सर ! यह तो एक नया अनुबंध होगा। इसका आपके पहले से किए गए अनुबंध से कोई संबंध नहीं है।"

"हो सकता है, लेकिन मेरे लिए यह मायने रखता है कि मैंने उनके साथ अपने लेखकीय जीवन का आरम्भ किया था। जब मैंने नया-नया ही लिखना आरम्भ किया था, तब से वे मेरे साथ हैं। मैं किसी भी अवस्था में उनका साथ नहीं छोड़ सकता। मैं कभी भी उनके दिल को दुखाना नहीं चाहता।"

"ठीक है, सर ! जैसी आपकी इच्छा। लेकिन मुझे आपकी स्वीकृति की प्रतीक्षा रहेगी।"

यह कहते हुए शैल चतुर्वेदी ने नवीन से अनुमति ली और चले गए।

(11)

नवीन ने अपने प्रकाशक रमाकांत मिश्रा से इस विषय पर विस्तारपूर्वक चर्चा की। रमाकांत मिश्रा, जिसने नवीन की कई पुस्तकें प्रकाशित की थीं, उसके साथ नवीन का प्रकार का पारिवारिक सम्बन्ध बन चुका था। उसने महसूस किया कि नवीन इस प्रस्तावित पुस्तक को लिखने में गहरी रुचि रखता है, तो एक पल के लिए वह विचारमग्न हो गया। फिर कुछ सोचते हुए उन्होंने नवीन को इसकी अनुमति दे दी।

नवीन के लिए यह कार्य विशेष रूप से महत्वपूर्ण था। एक ओर शालिनी बहन का प्रसिद्ध व्यक्तित्व, जिनके लाखों अनुयायी थे, और दूसरी ओर उसकी जीवनी, जिसका पाठकों का विशाल वर्ग हो सकता था। ऊपर से, इस पुस्तक को लिखने वाला लेखक नवीन भारद्वाज जैसा प्रतिष्ठित लेखक हो तो, यह निश्चित ही था कि पुस्तक की बिक्री अद्वितीय होगी।

रमाकांत मिश्र, हालांकि, इस कार्य के लिए नवीन को अनुमति नहीं देना चाहता था। उसके और नवीन के मध्य हर नई पुस्तक के प्रकाशन का अनुबंध था। लेकिन जब उसने देखा कि नवीन इस पुस्तक को लेकर बहुत उत्साहित है, तो उसे लगा कि मना करना उचित नहीं होगा। उसने यह समझ लिया कि यदि वह नवीन को इसकी अनुमति नहीं देता तो भविष्य में उनके संबंधों पर इसका विपरीत प्रभाव पड़ सकता है, विशेष रूप से जब यह प्रस्ताव किसी अन्य प्रकाशक द्वारा लाया गया था।

इन सब बातों पर गंभीरता से विचार करते हुए, रमाकांत मिश्रा ने अंततः नवीन को इस पुस्तक को लिखने की अनुमति दे दी।

"लेकिन मैं यह अपेक्षा तो कर ही सकता हूं कि शेष पुस्तकें प्रकाशित

करने का अवसर मुझे ही मिलता रहेगा।" रमाकांत मिश्रा ने मुस्कुराते हुए नवीन से कहा।

"अवश्य ! क्यों नहीं ? मेरा आपसे न केवल स्थाई अनुबंध ही है, बल्कि मेरा आपसे आत्मीय संबंध भी है," नवीन ने मुस्कुराते हुए कहा।

नवीन रमाकांत मिश्रा से अनुमति मिलने पर बहुत प्रसन्न हुआ। उसने रमाकांत मिश्रा को इसके लिए धन्यवाद दिया। अब वह शीघ्र ही इस योजना को कार्यान्वित करना चाहता था। घर वापस आते ही उसने इसके लिए काम करना आरम्भ कर दिया।

वह कागज और कलम लेकर बैठ गया। सोचने लगा कि इस कार्य की शुरुआत कहां से की जाए। इसे सही ढंग से लिखने के लिए उसे कई महत्वपूर्ण बातों पर ध्यान देना होगा, जैसे कि शालिनी का बचपन, शिक्षा, करियर, और व्यक्तिगत जीवन। उसके व्यक्तित्व, विशेषताओं और मूल्यों का वर्णन, जो उसे विशिष्ट बनाते हैं। साथ ही, उसके जीवन की महत्वपूर्ण घटनाओं, उपलब्धियों, पुरस्कारों, सम्मानों और उल्लेखनीय कार्यों का भी उल्लेख करना होगा।

हालांकि वह शालिनी के बचपन के विषय में बहुत कुछ जानता था, लेकिन बचपन से युवावस्था तक ऐसी भी तो कई घटनाएं घटी हो सकती हैं, जिनका वर्णन शालिनी की जीवनी में बहुत आवश्यक हो और उसे इस विषय विषय में कुछ भी ज्ञात ना हो। इन सब तथ्यों को जुटाने के लिए उसे न केवल शालिनी से बल्कि उसके प्रशंसकों और कुछ अन्य महत्वपूर्ण व्यक्तियों से भी संपर्क करना होगा।

यह कार्य कठिन था, लेकिन नवीन ने इसे इसलिए स्वीकार किया था कि उसे शालिनी से मिलने और उसके विषय में अधिक से अधिक जानकारी प्राप्त करने का अवसर मिलेगा। वह इस बात को लेकर दृढ़ था कि अपने

परिश्रम और लगन से शालिनी की इस जीवनी को सटीक और प्रेरणादायक ढंग से प्रस्तुत करने का प्रयास करेगा।

इसके लिए सबसे पहले उसे प्रस्तावना लिखनी थी। विचारों में डूबे हुए, वह अपने बचपन की और शालिनी की मधुर यादों में खो गया।

एक दिन की बात है, जब वह अपने साथियों के साथ खेल रहा था। सहसा ही उसे साथी लड़कियों के साथ एक बेहद सुंदर और प्यारी सी लड़की दिखाई दी। पहली ही दृष्टि में वह लड़की नवीन को इतनी भा गई कि उसका मन उसी के साथ समय व्यतीत करने की इच्छा करने लगा।

उस दिन खेलकर जब नवीन घर लौटा, तो वह प्यारी सी लड़की उसके मन और मस्तिष्क में इस तरह से छाई हुई थी कि पूरी रात वह उसके ही खयालों में खोया रहा। उसे बेसब्री से सुबह और फिर शाम होने की प्रतीक्षा रही, ताकि वह खेलने जाए और फिर से उस लड़की से भेंट हो। वह उसी लड़की के विषय में सोच रहा था कि अंतत: यह लड़की है कौन ? कहां से आई थी यह ? बस, इसी प्रश्न में उलझा, उसका सारा दिन उस लड़की के विषय में सोचते हुए ही बीत गया।

किन्तु दूसरे दिन, शाम को जब वह अपनी मित्र मंडली के साथ खेलने गया, तो वह लड़की उसे वहां पर नहीं दिखाई दी। नवीन उसे वहाँ न पाकर बेचैन हो गया। साथियों के साथ खेलते हुए भी उसका मन नहीं लग रहा था। समय व्यतीत होता गया, लेकिन वह लड़की नहीं आई। नवीन सोचता रहा, 'आज वह क्यों नहीं आई ?' और उसके इस प्रश्न ने उसे और भी व्याकुल कर दिया।

जब बहुत देर हो गई और नवीन पूरी तरह से निराश हो गया था, तो तभी, मानो उसके व्याकुल मन को सुकून देने के लिए वह लड़की अपनी एक सहेली के साथ वहाँ आ गई। उसे देखते ही नवीन का चेहरा प्रसन्नता से खिल

गया। वह तुरंत ही उसके पास चला आया। उसने उस लड़की से कहा कुछ कहा नहीं, बस उसे देखते हुए मुस्कुरा भर दिया। और जब उसने भी नवीन को मुस्कुराते देखा, तो वह भी धीरे से मुस्कुरा दी।

यह नवीन की उस लड़की से दूसरी भेंट थी। बातचीत के मध्य ही उसे पता चला कि वह लड़की उसी के मोहल्ले में रहती थी और अब वह नवीन के ही विद्यालय में दाखिला लेने वाली थी। उसका नाम शालिनी था, लेकिन घर में सभी उसे प्यार से 'शालू' कहकर बुलाया करते थे। यह जानकर नवीन का मन प्रसन्नता से झूम उठा। उसे ऐसा लगने लगा था कि जैसे उसकी कोई बहुत बड़ी इच्छा पूर्ण हो गई हो।

समय व्यतीत होता गया और इसके साथ साथ ही नवीन के हृदय में शालिनी के प्रति प्रेम बढ़ता ही गया। हर पल उसका मन शालिनी के समीप रहने को व्याकुल रहता था। हर क्षण उसकी शालू से बातें करते रहने की इच्छा होती थी।

शालिनी के मन में नवीन के प्रति कितना प्रेम था, यह तो केवल शालिनी ही जानती थी। लेकिन उसने कभी भी अपने मन की बात नवीन के समक्ष प्रकट नहीं की थी। हालांकि, नवीन धीरे–धीरे यह मानने लगा था कि शालिनी भी मन ही मन उससे गहरा प्रेम करती है।

समय के साथ उसका यह विश्वास और मजबूत होता गया। इसी विश्वास के आधार पर, एक दिन उसने शालिनी से कह दिया, 'शालू! मैं तुम्हें बहुत चाहता हूं। बड़ा होकर यदि मैं शादी करूंगा, तो तुमसे ही करूंगा। नहीं तो जिस दिन तुम्हारी डोली उठेगी, उसी दिन मेरी अर्थी भी उठेगी।'

यह सोचते हुए नवीन के अधरों पर वेदनामय मुस्कान की झलक आ गई। उसने गहरी सांस ली और फिर अपनी विचारधारा को अपने काम पर केंद्रित करने का प्रयास करने लगा।

प्रस्तावना लिखने के पश्चात उसे इस बात का आभास हुआ कि इस जीवनी को लिखने के लिए उसे कई बार शालिनी से मिलना होगा। उसके जीवन के विषय में ऐसी कई बातें थीं, जिनका वर्णन किए बिना यह कार्य पूर्ण नहीं हो सकता था। हालांकि, नवीन को शालिनी के बचपन से लेकर युवावस्था तक के विषय में बहुत कुछ पता था, फिर भी ऐसी घटनाएँ या प्रसंग हो सकते थे जिनसे वह अनभिज्ञ हो और जिनका वर्णन बहुत ही आवश्यक हो।

इसके अतिरिक्त, यह भी तो संभव था कि कुछ विषय ऐसे भी हों जिन पर शालिनी चर्चा करना पसंद ना करे या जिनका उल्लेख वह अपनी जीवनी में सम्मिलित नहीं करना चाहती हो। किसी के निजी जीवन पर लिखने से पहले उसकी सहमति और योगदान अनिवार्य होता है।

इन सब बातों को ध्यान में रखते हुए, उसने तय किया कि अगले ही दिन वह शालिनी से मिलेगा, ताकि उसके विचार और अनुमति भी प्राप्त कर सके और इस महत्वपूर्ण कार्य को शीघ्र से शीघ्र पूरा किया जा सके।

दूसरे दिन ही उसने इस विषय पर शालिनी से फिर से भेंट की। शालिनी भी नवीन से मिलकर इस बार बहुत प्रसन्न हुई। लेकिन, जब शालिनी ने नवीन से राधिका के विषय में पूछा तो उसकी आपबीती जानकर उसे बहुत दुख हुआ। शालिनी को राधिका की मृत्यु के सम्बन्ध में कुछ भी ज्ञात नहीं था।

जब नवीन ने उसे अपने आने का उद्देश्य बताया, तो शालिनी ने मुस्कुराते हुए कहा, "जब शैल चतुर्वेदी मुझसे मिला था और उसने बताया कि तुम मेरी जीवनी लिखना चाहते हो, तो मैंने बिना संकोच उसके इस प्रस्ताव को इसे स्वीकार कर लिया था। भला इससे अच्छा मेरे लिए और क्या हो सकता है कि मेरी जीवनी, मेरा बचपन का मित्र ही लिखे।

यह सुनकर नवीन को जैसे एक झटका सा लगा। उसे शैल चतुर्वेदी पर क्रोध भी आया और आश्चर्य भी हुआ। उसने समझ लिया कि शैल चतुर्वेदी ने अपने स्वार्थ के कारण शालिनी से सीधे बात करने के स्थान पर उसके नाम का उपयोग किया था। वह यह भी जानता था कि इस समय नवीन एक प्रसिद्ध लेखक है, जिसके प्रशंसकों और जानने वालों की कोई कमी नहीं है। संभवतः शैल ने सोचा था कि यदि शालिनी के सामने नवीन का नाम लिया जाए, तो वह इंकार नहीं करेंगी। यही सोचकर उसने यह कदम उठाया था।

हालांकि, अगले ही पल नवीन का शैल चतुर्वेदी के प्रति सारा क्रोध शांत हो गया। जब उसने सोचा कि चाहे शैल के इरादे जैसे भी रहे हों, लेकिन अंत में यह सब नवीन के ही पक्ष में था। इसी बहाने से वह शालिनी के और अधिक निकट रहने का अवसर तो पा ही सकेगा।

शालिनी की यह बात सुनकर नवीन का मन और भी उत्साह से भर गया। उसे लगा कि इस कार्य को पूरा करने का उसका संकल्प पहले से अधिक दृढ़ हो गया है।

शालिनी ने नवीन से यह भी बताया कि वह दो दिन पश्चात एक सप्ताह के लिए महाराष्ट्र जा रही है, और उसके पश्चात वहाँ से वह कुछ दिन के लिए दुबई चली जाएगी। दुबई का सारा खर्च वहाँ का एक व्यवसायी उठा रहा है। आगे का कार्यक्रम अभी निश्चित नहीं है।

शालिनी ने उसे सुझाव दिया, "यदि तुम चाहो तो तुम भी मेरे साथ चल सकते हो, ताकि तुम्हारे लेखन में कोई बाधा न आए और मेरे विषय में तुम्हें अधिक से अधिक जानने का अवसर भी मिल सके।'

यह यात्रा न केवल शालिनी की बढ़ती वैश्विक पहचान का प्रतीक थी, बल्कि शालिनी बहन के प्रेरक व्यक्तित्व और उनके संदेश की शक्ति को भी उजागर करती थी।

नवीन ने कुछ पल विचार करने के पश्चात शालिनी के इस प्रस्ताव को सहर्ष स्वीकार कर लिया।

शालिनी ने उसे एक व्यावहारिक और उपयोगी प्रस्ताव दिया था। शालिनी की जीवनी लिखने के लिए नवीन का शालिनी के पास रहना न केवल उचित, बल्कि आवश्यक भी था।

नवीन अपने लेखन कार्य में पूरी तरह व्यस्त था और बहुत रुचि व लगन से शालिनी की जीवनी को लिख रहा था। शालिनी के इस प्रस्ताव से न केवल उसे उसके समीप रहने का अवसर मिल रहा था, बल्कि वर्तमान में शालिनी के विचारों, व्यवहार, और व्यक्तित्व को समझने का भी अवसर मिल रहा था, जो उसकी जीवनी को संपूर्ण और प्रामाणिक बनाने के लिए बहुत आवश्यक था।

(12)

महाराष्ट्र उन दिनों साम्प्रदायिक तनाव से गुजर रहा था, फिर भी शालिनी के श्रद्धालुओं में उसके प्रति श्रद्धा और उत्साह पहले जैसा ही बना हुआ था। इसी मध्य, शालिनी ने अपने एक धार्मिक प्रवचन, सत्संग और भजन के कार्यक्रम में विशेष रूप से यह संदेश दिया कि वर्तमान समय में, जब समाज में विभाजन की दीवारें खड़ी की जा रही हैं, ऐसे में हमें एकजुटता और भाईचारे का मार्ग अपनाना चाहिए। उन्होंने संस्कृत के श्लोकों के माध्यम से अपनी इस भावना को प्रकट करते हुए कहा:

विविधरूपे धर्माणां, सत्यं मूलं सनातनम्।
सर्वे सन्तु सुखिनः सदा, न वयं भेदवर्जिताः॥

(अर्थ: सभी धर्मों के विविध रूप सनातन सत्य से जुड़े हुए हैं। हमारा उद्देश्य है कि सब सुखी रहें और भेदभाव से मुक्त हों।)

शालिनी ने इस बात पर विशेष रूप से बल दिया कि हमारी धार्मिक परंपराएँ न केवल हमारा आध्यात्मिक मार्गदर्शन प्रदान करती हैं, बल्कि समाज में सामूहिकता और प्रेम को भी बढ़ावा भी देती हैं। उन्होंने एक और श्लोक प्रस्तुत करते हुए कहा:

धर्मः प्रेमः करुणायुतः, एकं भावं प्रतिष्ठितः।
मानवाः सन्ति कुटुम्बकम्, विभाजनं परित्यज्यते॥

(अर्थ: धर्म प्रेम और करुणा में स्थापित है। मानव मात्र एक परिवार है, और हमें विभाजन की दीवारें त्यागनी चाहिए।)

उन्होंने कहा कि हर धर्म के मूल में **"सर्वे भवंतु सुखिनः"** (सब सुखी हों) जैसे विचार निहित हैं। हिंदू धर्म का **"वसुधैव कुटुंबकम्,"** इस्लाम का **"उम्मत"** का आदर्श, ईसाई धर्म का **"लव थाई नेबर,"** सिख धर्म का **"सर्व सेवा,"** और बौद्ध धर्म की **"करुणा"** सभी मानवता को प्रेम और सहयोग से देखने की प्रेरणा देते हैं।

अनेकधर्ममार्गेषु, एकं सत्यं विभाति यत्।
भ्रातृत्वं च प्रतिष्ठ्यते, धर्मभावे महात्मनाम्॥

(अर्थ: विभिन्न धर्म मार्गों में एक ही सत्य प्रकाशित होता है। धर्म की भावना में भाईचारा प्रतिष्ठित है।)

भाईचारा केवल एक विचार नहीं, बल्कि समाज की वह नींव है, जो हर व्यक्ति को प्रेम, सम्मान, और सहयोग से जोड़ती है। धर्म अलग-अलग हो सकते हैं, लेकिन मानवता हमें जोड़ने वाली सबसे बड़ी शक्ति है। उन्होंने अपने श्रोताओं से आग्रह किया कि वे अपने जीवन में भाईचारे और मानवता को सबसे महत्वपूर्ण स्थान दें।

करुणा दया सहानुभूति, सर्वधर्मेषु वर्तंते।
संसारस्य सुखं भाव्यं, एकत्वं चेतसि स्थले॥

(अर्थ: करुणा, दया और सहानुभूति सभी धर्मों में विद्यमान हैं। संसार का सुख एकता और भाईचारे में है।)

उन्होंने अंत में सभी श्रोताओं से यह आह्वान किया कि आओ हम सभी यह निश्चय कर लें कि धार्मिक मान्यताओं के माध्यम से भाईचारे को अपने जीवन का भाग बनायेंगे। हम सभी एक ही सृष्टिकर्ता की संतान हैं, और हमारा सबसे बड़ा धर्म मानवता की सेवा है। सभी श्रोता शालिनी के इस संबोधन से भाव विभोर हो गए।

उसी कार्यक्रम की समाप्ति पर एक जिज्ञासु उठ कर खड़ा हो गया और उसने शालिनी से एक प्रश्न पूछ लिया, "शालिनी बहन जी ! मुझे एक बात समझ में नहीं आती। कृपया इसका समाधान कीजिये।

शालिनी ने मुस्कुराते हुए कहा, "क्या बात समझ में नहीं आती ? तुम निसंकोच होकर पूछ सकते हो।"

जिज्ञासु ने थोड़ा रुक कर कहा, जीवन में मनुष्य का प्रथम दायित्व क्या है ?

शालिनी ने मुस्कुराते हुए कहा, "धर्म ग्रन्थ श्री भागवत मत गीता में भगवान श्रीकृष्ण द्वारा कहा गया है कि, 'मनुष्य का सबसे महत्वपूर्ण दायित्व कर्म करना है, परिणाम की चिंता किए बिना। अपने जीवन को क्रियाशील और उद्देश्यपूर्ण बनाना ही मनुष्य की एकमात्र दायित्व है।'

मनुष्य का प्रथम दायित्व उसकी आत्म-जागरूकता से आरम्भ होता है और समाज, प्रकृति और नैतिक मूल्यों के प्रति अपने दायित्वों को निभाने तक विस्तृत होता है। ऐसा करके ही मनुष्य अपने जीवन को सार्थक बना सकता है।"

शालिनी के उतर से वह श्रद्धालु संतुष्ट हो गया। इससे पूर्व की शालिनी अपने प्रश्नोत्तरी के कार्यक्रम को समाप्त कर सभागार से बाहर निकलती तभी एक अन्य श्रद्धालु ने पूछ लिया, "शालिनी बहन जी ! मैं बार-बार एक ही बात पर विचार करता हूँ कि मनुष्य के जीवन में सम्पूर्णता का क्या अर्थ है ?

क्या सम्पूर्णता का मतलब मनुष्य को अपने जीवन में सब कुछ पा लेना है, या उसका कोई और गहरा अर्थ भी हो सकता है ?"

"सम्पूर्णता जीवनस्य विविधांगेषु पूर्णता संतोषस्य च भावं दर्शयति। एषा अवस्था या व्यक्ति: स्वजीवने संतुष्टं पूर्णं च अनुभूयते, जीवनं अर्थपूर्णं समं च अनुभूतं भवति।"

"अर्थात, सम्पूर्णता एक ऐसी अवधारणा है जो जीवन के विभिन्न पहलुओं में पूर्णता और संतुष्टि की भावना को प्रकट करती है। यह वह स्थिति है जहां व्यक्ति अपने जीवन में संतुष्ट और पूर्ण महसूस करता है और उसे यह अनुभूति होती है कि उसका जीवन अर्थपूर्ण और संतुलित है।

सम्पूर्णता का अर्थ यह नहीं है कि जीवन में हर चीज को प्राप्त कर लेना आवश्यक है। बल्कि, यह एक ऐसी अवस्था है, जहाँ व्यक्ति अपने पास जो कुछ भी है, उससे संतुष्ट होता है और उसे यह विश्वास होता है कि उसका जीवन पूर्ण और अर्थपूर्ण है।

सम्पूर्णता वास्तव में वह स्थिति है, जहां जीवन में संतोष, पूर्णता और संतुलन का अनुभव होता है।" शालिनी ने कहा।

नवीन भी यह सब प्रश्नोत्तरी सुन रहा था। सुनकर उसके मनोमस्तिष्क में भी एक प्रश्न उत्पन्न हुआ, 'क्या यह सम्पूर्णता उसके जीवन में भी है ? या फिर वह अब तक अधूरा ही है?'

उसे लगा कि शायद सम्पूर्णता उसने भी नहीं पाई है। वह भी अब तक अधूरा ही है। यह विचार आते ही वह उदास हो गया। इसके पश्चात, तीन-चार और श्रद्धालुओं ने भी अपने-अपने प्रश्न पूछे, लेकिन नवीन अपने ही विचारों में खोया हुआ था।

"क्या सोच रहे हो, नवी ?" नवीन को इस तरह खोया देखकर शालिनी ने पूछा।

"सोच रहा हूँ कि शायद मैं भी अपने जीवन में अधूरा ही हूं। मैं भी सम्पूर्णता को प्राप्त नहीं कर सका हूँ," नवीन ने उत्तर दिया।

"क्यों? ऐसा क्यों सोचते हो तुम? सब कुछ तो है तुम्हारे पास !" शालिनी ने आश्चर्य से कहा।

"अभी आपने ही तो कहा था कि "सम्पूर्णता वह स्थिति है, जहां जीवन में संतोष, पूर्णता और संतुलन का अनुभव होता है।"

"हाँ ! मैंने कहा था, और ऐसा ही है।"

"लेकिन मैं सोचता हूँ कि मेरे पास तो कुछ भी नहीं है। मैंने जो कुछ भी जीवन में प्राप्त करना चाहा, भगवान ने मुझे वह नहीं दिया।"

"मैंने पहले भी तुमसे कहा था कि भगवान, हमें वह नहीं देते जो हम चाहते हैं, बल्कि वह देते हैं जो वास्तव में ही हमें चाहिए। आज तुम्हारे पास पैसा भी है और प्रसिद्धि भी। फिर ओर तुम्हें क्या चाहिए?'

"शायद, मुझे कुछ चाहिए भी नहीं," नवीन ने गहरी साँस लेते हुए कहा। कहना चाहता था कि यह सब मुझे नहीं चाहिए था। मुझे तो बस केवल तुम ही चाहिए थी, लेकिन यह बात वह कह नहीं सका और खामोश होकर रह गया।

"तुम्हें ऐसा नहीं सोचना चाहिए, नवी !" शायद नवीन के न कहने पर भी शालिनी ने उसके मन की बात समझ ली थी। "तुम्हारे जैसे प्रसिद्ध लेखक को ऐसी नकारात्मक बातें करना शोभा नहीं देता," शालिनी ने मुस्कुराते हुए कहा।

शायद आप सही कह रही हैं, लेकिन अंततः मैं भी तो एक इंसान हूँ ! भावनाओं का आवेग मुझ पर भी तो हावी हो सकता है। मैं भी क्या करूं ?

मेरे लिए भी तो हमेशा स्वयं पर नियंत्रण रखना आसान नहीं होता," नवीन ने धीरे से कहा।

"तुम सही कह रहे हो नवी !," शालिनी ने गंभीर स्वर में उत्तर दिया। "लेकिन कम से कम मेरे एक मित्र की सोच तो इतनी कमजोर नहीं होनी चाहिए। उसे तो दूसरों के लिए एक प्रकार का उदाहरण बनना चाहिए।"

नवीन ने इस पर कुछ नहीं कहा। बस ! वह धीमे से मुस्कुरा कर रह गया। इसके पश्चात उन दोनों में कोई बात नहीं हुई।

नियत समय पर नवीन अपने कमरे में चला गया और एक ओर रखी कुर्सी पर बैठकर दिनभर की गतिविधियों पर विचार करने लगा। यह उसकी नियमित दिनचर्या का भाग बन चुका था। इसके पश्चात वह शालिनी की जीवनी लिखने में व्यस्त हो जाता। वह इस पुस्तक को शीघ्रातिशीघ्र पूरा करना चाहता था।

कुछ दिनों से उसे लगने लगा था कि अब शालिनी के साथ और अधिक समय तक रहना उचित नहीं होगा। उसे महसूस हो रहा था कि इससे शालिनी के चरित्र पर भी प्रश्नचिन्ह लग सकते हैं और ऐसा वह कभी भी सहन नहीं कर सकता था।

इसी विचार के साथ उसने आवश्यक सामग्री एकत्रित की और निर्णय लिया कि शालिनी की जीवनी का शेष भाग अब वह अपने घर पर ही पूरा करेगा। वैसे भी, वह इसका अधिकांश भाग पहले ही लिख चुका था।

इस निर्णय के पश्चात, एक दिन उसने शालिनी से विदा लेने की अनुमति मांगी।

"क्यों ? तुम वापस क्यों जाना चाहते हो ? क्या तुम्हारा काम पूरा हो गया?" शालिनी ने पूछा।

"लगभग पूरा ही हो गया है, शेष आवश्यकता पढ़ी तो मैं फ़ोन पर बात

कर लूंगा या फिर आ जाऊंगा।" नवीन ने उत्तर दिया।

"ठीक है ! जैसा तुम उचित समझो।"शालिनी ने धीरे से मुस्कुराते हुए 'बाय' की मुद्रा में हाथ हिला दिया।

(13)

धीरे-धीरे नवीन ने फिर से अपनी पुरानी दिनचर्या को अपनाना आरम्भ कर दिया। वह धार्मिक कार्यक्रमों में जाने लगा और सामान्य जीवन जीने का प्रयास करने लगा। शालिनी के साथ व्यतीत किये हुए समय ने उसके विचारों को परिष्कृत कर दिया था, लेकिन वह तब विचलित हो जाता, जब शालिनी की जीवनी लिखने के लिए बैठता। उसके विषय में सोचते ही शालिनी के प्रति उसके मन में उठने वाला प्यार और भावनाएं उसे व्यतीत हुए अतीत में खींच ले जाती थीं।

इस कारण, वह जब वर्तमान में लौटता, तो इसी बात का आभास होता कि अब उसे अतीत को छोड़कर वर्तमान के साथ जीने का प्रयास करना चाहिए। भूतकाल, जो व्यतीत हो गया, वह तो अब वापस आ नहीं सकता। फिर उसकी याद से चिपके रहने से क्या लाभ। यह सोचकर उसने अपने आप को संभालने का प्रयास किया और शालिनी की जीवनी लिखने के कार्य को शीघ्र पूरा करने का निश्चय किया।

कभी-कभी मनुष्य ऐसी स्थिति में फँस जाता है कि उसके जीवन के व्यतीत हुए पल उसे किसी भी तरह से सामान्य रूप से जीने नहीं देते। फिर चाहे वह उन पलों को लाख भुलाने का प्रयास करे, लेकिन वे स्मृतियाँ बार-बार उसके मन-मस्तिष्क पर हावी हो ही जाती हैं।

ऐसा प्रतीत हो रहा था मानो नवीन ने अपने इस कार्यभार को समाप्त करने के साथ ही कोई और भी दृढ़ निर्णय ले लिया हो। वह निर्णय क्या था, यह तो नवीन स्वयं जानता था या फिर विधाता।

उसने दिन-रात परिश्रम करके शालिनी की जीवनी लिखने के कार्य को

पूर्ण कर लिया। हालांकि किसी भी जीवनी को पूर्ण नहीं कहा जा सकता, क्योंकि यह उसके अंत के साथ ही पूरी होती है। फिर भी इसे शालिनी की 'अब तक की जीवनी' अवश्य कहा जा सकता था। यह लिखकर नवीन ने इसे विराम दिया था।

'किसी की जीवन गाथा को कभी भी पूर्ण नहीं माना जा सकता। चाहे कितने भी प्रयास किए जाएं, वर्तमान और भविष्य का बहुत कुछ अछूता रह ही जाता है। मैंने महान साधिका, धर्मगुरु और सनातन धर्म की संरक्षक शालिनी जी के जीवन को इस पुस्तक के कुछ पृष्ठों में समेटने का अपनी ओर से भरसक प्रयास किया है। मुझे आशा है कि उनके आध्यात्मिक जीवन के प्रेरक पहलुओं को मैं पाठकों तक सही रूप में पहुँच पाया हूँ।

अंत में, मैं अपने पाठकों से अपेक्षा करता हूँ कि वे इस महान व्यक्तित्व की शिक्षाओं, विचारों और कार्यों से प्रेरणा लें और उन्हें आत्मसात करने का प्रयास करें।

इसके साथ ही, मैं अपने पाठकों से यह भी कहना चाहूंगा कि यह जीवनी शालिनी जी के जीवन का अंत नहीं है। शीघ्र ही एक नई पुस्तक के माध्यम से मैं उनके जीवन के कुछ नए, अछूते और प्रेरक पहलुओं को आपके समक्ष लाने का प्रयास करूँगा।'

इतना लिखकर नवीन ने अपने लेखन को विराम दिया।

पुस्तक के उपसंहार के साथ ही नवीन ने शैल चतुर्वेदी को फोन करके सूचना दी कि उसकी पुस्तक पूरी हो चुकी है। उसने पूछा, "क्या इसे मैं आपके पास कूरियर द्वारा भेज दूं?"

शैल चतुर्वेदी ने सूचना मिलते ही तुरंत ही इसे कूरियर द्वारा भेजने का अनुरोध किया।

अगले ही दिन नवीन ने शालिनी के अब तक के जीवन पर लिखी हुई

पुस्तक की पांडुलिपि को कूरियर द्वारा शैल चतुर्वेदी को भेज दी। इसके साथ ही उसने एक नोट भी संलग्न किया, जो उसके मन के किसी गहरे उद्देश्य को प्रकट करता था।

नोट में लिखा था: 'चतुर्वेदी साहब, आपके अनुरोध पर मैंने अथक परिश्रम से शालिनी जी की यह जीवनी लिखी है। आप इसे प्रकाशित कर सकते हैं। किंतु मेरा आपसे एक अनुरोध है: मैं कहीं जा रहा हूँ और मेरी अनुपस्थिति में, जब तक मैं वापस न लौटूं, कृपया कर के इस पुस्तक की बिक्री से हुई आय को शालिनी जी की संस्था को दान स्वरूप भेंट कर दें।'

(14)

नवीन ने सब कुछ छोड़कर हिमालय की ओर जाने का निश्चय किया। हिमालय सदियों से मनुष्य के लिए ध्यान, योग और आध्यात्मिक शांति के लिए एक आकर्षण का केंद्र रहा है। यहां के अनेक स्थान अपनी प्राकृतिक सुंदरता, आध्यात्मिक ऊर्जा और साधना के अनुकूल वातावरण के लिए प्रसिद्ध हैं।

एक दिन नवीन सब कुछ त्याग कर उत्तराखंड के ऋषिकेश की ओर निकल पड़ा। ऋषिकेश को 'योग नगरी' और 'विश्व की योग राजधानी' भी कहा जाता है। यहां 'परमार्थ निकेतन', 'स्वर्गाश्रम' और 'गीता भवन' जैसे आध्यात्मिक शांति के प्रमुख केंद्र हैं। गंगा के किनारे स्थित इन आश्रमों और ध्यान केंद्रों का वातावरण योग, ध्यान और आत्मिक शांति के लिए अत्यधिक अनुकूल है।

नवीन ने ऋषिकेश में कई दिनों तक विभिन्न स्थलों का भ्रमण किया। यहां की आध्यात्मिकता और सौंदर्य उसे बहुत आकर्षित कर रहे थे, किन्तु फिर भी उसके बेचैन मन को स्थायी शांति नहीं मिल पाई।

कुछ समय यूं ही भटकने के पश्चात उसने गंगोत्री की ओर प्रस्थान किया। गंगोत्री उत्तराखंड में स्थित है और इसे गंगा नदी के उद्गम स्थल के रूप में जाना जाता है। यहां गंगोत्री मंदिर, गोमुख और तपोवन जैसे अनेक पवित्र स्थल हैं। हिमालय की शांत वादियां और प्राकृतिक दृश्य यहां साधकों को आत्मिक शांति और प्रेरणा प्रदान करते हैं। फिर भी, नवीन यहां अधिक समय नहीं रुक सका।

चलते-चलते एक दिन वह बद्रीनाथ धाम पहुंच गया। बद्रीनाथ धाम न केवल भारत में हिन्दुओं का एक प्रमुख तीर्थ स्थल है, बल्कि इसकी वादियां और शांत वातावरण भी ध्यान साधना के लिए भी अति उपयुक्त हैं। यहां 'बद्रीनाथ' मंदिर, 'वसुधारा' जलप्रपात और भारत- तिब्बत सीमा के साथ-साथ 'माणा' गांव स्थित है।

माणा गांव, जो भारत का अंतिम गांव कहलाता है, बद्रीनाथ धाम से लगभग तीन किमी की दूरी पर स्थित है। यह गांव अपने प्राकृतिक सौंदर्य, ऐतिहासिक महत्व और सांस्कृतिक धरोहर के लिए बहुत प्रसिद्ध है। हिमालय की गोद में बसे माणा गांव का शांत और पवित्र वातावरण साधकों के लिए आदर्श स्थान है और बरबस ही अपनी ओर आकर्षित करता है। यहां से चौखंबा और नीलकंठ पर्वत का अद्भुत दृश्य देखा जा सकता है।

यह गांव समुद्र तल से लगभग 3,200 मीटर की ऊंचाई पर स्थित है और यहां से 'वसुधारा' जलप्रपात, 'सतोपंथ' झील और 'स्वर्गारोहिणी' जैसे ट्रेकिंग मार्ग आरम्भ होते हैं। गांव के निकट ही एक पवित्र जलप्रपात भी है, जिसके विषय में कहा जाता है कि उसकी बूंदें केवल पवित्र आत्माओं को ही स्पर्श करती हैं।

माणा गांव का ऐतिहासिक और पौराणिक महत्व भी अत्यधिक है। मान्यता है कि पांडव अपने स्वर्गारोहण के मध्य इस गांव से होकर गुजरे थे। यहां 'सरस्वती' नदी का उद्गम स्थल है, जिसे वेदों में ज्ञान की देवी के रूप में पूजा जाता है। इसी नदी पर भीम ने एक विशाल चट्टान रखकर 'भीम पुल' का निर्माण किया था। गांव में 'व्यास गुफा' स्थित है, जहां महर्षि वेदव्यास ने महाभारत की रचना की थी। इसी स्थान पर गणेश जी ने भी बैठ कर महर्षि वेदव्यास की कथा को लिपिबद्ध किया था। यहां 'गणेश गुफा' भी देखी जा सकती है।

माणा गांव भोटिया जनजाति का निवास स्थान है, जो तिब्बती संस्कृति और उनकी परंपराओं का पालन करती है। गांववासी मुख्यतः हस्तशिल्प और खेती पर निर्भर रहते हैं। यहां ऊनी कपड़े, शॉल, टोपी और जड़ी-बूटियों का उत्पादन प्रसिद्ध है। गांव प्राकृतिक जड़ी-बूटियों और औषधीय पौधों के लिए भी जाना जाता है।

माणा गांव का तापमान गर्मियों में हल्का ठंडा रहता है, जबकि सर्दियों में यहां अत्यधिक ठंड और बर्फबारी होती है। नवंबर से अप्रैल तक भारी बर्फबारी के कारण गांव में पहुंचना कठिन हो जाता है। यहां का वातावरण साधकों और प्रकृति प्रेमियों के लिए बहुत प्रेरणादायक है।

गांव में प्रवेश करते ही नवीन को ऐसा लगा मानो किसी ईश्वरीय प्रेरणा के तहत ही वह यहां तक पहुंचा है। यहां की हर वस्तु उसे ऐसी प्रतीत हो रही थी, जैसे यही वह स्थान हो, जिसकी उसे वर्षों से तलाश थी। जैसे यही वह स्थान है, जहां उसके जीवन का उद्देश्य पूर्ण होगा। उसे अपने भीतर गहरी मानसिक शांति का आभास होने लगा, मानो यह कोई पूर्वाभास हो।

थकान से चूर नवीन एक वृक्ष के नीचे थोड़ी देर सुस्ताने के लिए बैठ गया। यहां की ठंडी हवा उसके चेहरे को स्पर्श कर रही थी, जिससे उसे एक अद्भुत स्वर्गीय आनंद की अनुभूति हो रही थी। उसके सामने गांव की कच्ची-पक्की गलियां और पारंपरिक लकड़ी- पत्थर से बने घर थे। कुछ घर आधुनिकता के प्रभाव में पक्के भी दिख रहे थे। इर्द- गिर्द के ऊंचे-ऊंचे वृक्ष प्रकृति के सौंदर्य में चार चांद लगा रहे थे। पास ही एक कुआं था, जहां गांव की महिलाएं पानी भरने में व्यस्त थीं।

नवीन वहां बैठकर सोचने लगा कि यह गांव अभी भी आधुनिक प्रगति से कितना पीछे है। ऐसा प्रतीत होता है जैसे देश के विकास की कई लहरें यहां तक पहुंची ही नहीं हैं।

उसे कुछ प्यास का अनुभव हुआ, तो वह उठकर कुंए की ओर चल दिया। कुएं के पास पहुंचते तो वहां पर पानी भर रही कुछ महिलाओं ने उसे देखा तो उनमें से एक ने गढ़वाली भाषा में कुछ कहा, जो नवीन नहीं समझ पाया। उसकी दुविधा भांपकर एक अन्य महिला ने हिंदी में पूछा, "पानी पीना है?"

"जी," नवीन ने सहमति में सिर हिलाते हुए उत्तर दिया और कुएं के समीप चला आया।

"आप गढ़वाली नहीं जानते?"नवीन ने उत्तर दिया।

'क्या आप कहीं बाहर से आए हैं?" पानी पिलाते हुए उस महिला ने पूछा।

"जी, मैं बाहर से ही आया हूं," नवीन ने विनम्रता से उत्तर दिया।

"यहां कहां जाना है आपको?" महिला ने जिज्ञासा से पूछा।

"जी, अभी सोच रहा हूं," नवीन ने कहा।

"क्या सोच रहे हैं ? आपको यह भी नहीं पता कि कहां जाना है?" महिला आश्चर्यचकित हो गई।

"मैं किसी ऐसे स्थान की तलाश में हूं, जहां मैं शांति से रहकर ध्यान कर सकूं," नवीन ने उत्तर दिया।

महिला कुछ देर तक उसे ध्यान से देखती रही। उसे कुछ ऐसा आभास हुआ कि जैसे नवीन अन्य लोगों से कुछ अलग है। उसने पूछा, "आपने भोजन किया है?"

"जी, अभी नहीं। किसी अच्छे होटल की तलाश करूंगा। क्या आप मुझे किसी अच्छे से होटल के विषय में बता सकती हैं? "नवीन ने पूछा।

महिला ने मुस्कुराते हुए कहा,"आज हमारा आतिथ्य स्वीकार कीजिए। हमारे यहां कहावत प्रसिद्ध है, **'अतिथि देवो भव:'** अर्थात अतिथि भगवान के

समान होता है। आज आप हमारे घर ही भोजन कर लीजिए।"

"आपको कष्ट नहीं देना चाहता,"नवीन ने संकोच से कहा।

महिला ने फिर आग्रह किया, "कष्ट की कोई बात नहीं। आप हमारे साथ आइए। यहां होटल ढूंढ़ने से अच्छा है कि आज आप हमारा आतिथ्य स्वीकार करें।"

नवीन थोड़ी देर सोचने के पश्चात तैयार हो गया। उसने सोचा, कुछ समय यहां रुकने में कोई हानि नहीं है। वह महिला के साथ उसके घर की ओर चल दिया।

मार्ग में महिला ने उसे बताया, "यहां पास में ही 'सतोपंथ झील' है, जहां साधु-संन्यासी साधना करने जाते हैं। इसके अतिरिक्त 'व्यास गुफा' और 'भीम पुल' भी यहां के प्रमुख स्थान हैं। आप वहां भी जा सकते हैं।"

नवीन गांव के लोगों की सरलता और सादगी से प्रभावित था। उसने महसूस किया कि यहां के लोग बेहद निश्चल और सरल स्वभाव के हैं। ये अपनी ही दुनिया में मग्न रहते हैं, छल-कपट से कोसों दूर। उसने सोचा, काश, पूरी दुनिया ही ऐसी होती।

थोड़ी ही देर में वो महिला के घर पहुंच गए। महिला के पति, प्रवीण, जो गांव के एक दुकानदार थे, उस समय भोजन के लिए घर पर आए हुए थे, महिला ने उनसे नवीन का परिचय कराया। प्रवीण बहुत मिलनसार था। वह भी नवीन से मिलकर बहुत प्रसन्न हुआ।

थोड़ी ही देर में भोजन तैयार हो गया। प्रवीण और नवीन ने साथ बैठकर भोजन किया। नवीन को यह अनुभव हुआ कि इस सादगीपूर्ण माहौल और आतिथ्य में एक अद्भुत अपनापन और आत्मीयता है। यह अनुभव उसके जीवन की उस शांति की ओर शायद पहला कदम था, जिसकी वह वर्षों से तलाश कर रहा था।

भोजन के पश्चात नवीन ने पति-पत्नी से विदा लेने की अनुमति मांगी।

"आप कहां जाना चाहेंगे, प्रभु? आप तो यहां नए हैं," प्रवीण ने जिज्ञासा से पूछा।

"यह तो मुझे भी अभी नहीं मालूम, लेकिन मैं किसी ऐसे स्थान पर जाना चाहता हूं, जहां मुझे मानसिक शांति का अनुभव हो," नवीन ने उत्तर दिया।

प्रवीण ने गंभीरता से कहा,"प्रभु, मेरी इतनी समझ तो नहीं है, लेकिन मेरा मानना है कि मानसिक शांति ढूंढने से नहीं मिलती। बहुत से लोग उसे तलाशने के लिए अपना घर बार छोड़ देते हैं, भटकते रहते हैं, पर फिर भी उसे नहीं पा सकते।"

"आप सही हो सकते हैं," नवीन ने सहमति जताई, "मुझे यह मिलेगी या नहीं, मैं भी नहीं जानता। लेकिन मैं वर्तमान परिस्थितियों से बहुत दूर जाना चाहता हूं।"

प्रवीण ने मुस्कुराते हुए कहा,"किसी भी परिस्थिति से दूर भागने से छुटकारा नहीं मिलता। बल्कि, उस से और गहरा संबंध बन जाता है।"

"आपसे बात करके मुझे बहुत अच्छा लग रहा है। आप बहुत समझदार और ज्ञानी हैं।" नवीन ने उत्तर दिया।

"तो क्यों नहीं आज रात आप हमारे पास यहीं रुक जाते? कल चले जाना, "प्रवीण ने अनुरोध किया।

"अब रुकना उचित नहीं होगा। मुझे चलना ही चाहिए।" नवीन ने धीरे से कहा।

"ठीक है, जैसी आपकी इच्छा प्रभु ! हम आपको रोकेंगे नहीं। हमारी शुभकामनाएं आपके साथ हैं।" प्रवीण ने सिर हिलाते हुए कहा।

तदोपरांत, नवीन ने मुस्कुराते हुए उस दंपति से विदा ली और अपनी

अभीष्ट यात्रा पर निकल पड़ा।

(15)

व्यास गुफा, उत्तराखंड के माणा गांव में सरस्वती नदी के तट पर स्थित एक प्राचीन और पवित्र स्थल है। माणा गांव से यह लगभग 3 किलोमीटर की दूरी पर स्थित है। यह गुफा गांव के निकट ही है और वहां तक पहुंचने के लिए एक छोटी पैदल यात्रा करनी पड़ती है। हालांकि यह गुफा आकार में छोटी है, लेकिन इसका धार्मिक और ऐतिहासिक महत्व बहुत बड़ा है।

मान्यता है कि हजारों वर्ष पहले महर्षि वेद व्यास ने इसी गुफा में रहकर वेदों और पुराणों का संकलन किया था। यह भी कहा जाता है कि उन्होंने भगवान गणेश की सहायता से इसी गुफा में महाकाव्य महाभारत की रचना की थी। इसे महर्षि वेद व्यास की तपस्या का स्थल भी माना जाता है, जो इसे विशेष रूप से पवित्र बनाता है।

व्यास गुफा अपनी अनोखी छत की संरचना के लिए भी प्रसिद्ध है। गुफा की छत को देखने पर ऐसा लगता है, जैसे अनेक पृष्ठ एक के ऊपर एक रख दिए गए हों। यह अनोखी बनावट महाभारत की उस रहस्यमय कथा का प्रतीक मानी जाती है, जिसे केवल महर्षि वेद व्यास और भगवान गणेश ही जानते थे।

जब नवीन ने इस गुफा में प्रवेश किया, तो उसे एक प्रकार के अलौकिक और स्वर्गिक आनंद की अनुभूति हुई। यह गुफा आकार में छोटी है और एक बड़े पत्थर के नीचे स्थित है। इसके भीतर एक छोटा सा मंदिर है, जिसमें महर्षि वेदव्यास की मूर्ति स्थापित है। नवीन ने गुफा के भीतर की संरचना को ध्यानपूर्वक देखा और फिर आसपास के प्राकृतिक सौंदर्य का आनंद लेने लगा। इस पवित्र और शांत वातावरण ने उसके मन को गहराई

तक प्रभावित किया। उसे ऐसा लगा, जैसे वह अपनी सारी चिंताओं और तनावों से मुक्त हो गया है।

व्यास गुफा के आसपास का क्षेत्र अत्यंत सुंदर और शांत है। यहां हिमालय की बर्फीली चोटियों के मनमोहक दृश्य दिखाई देते हैं। आसपास के घने जंगलों में विभिन्न प्रकार के पेड़-पौधे और जीव-जंतु मिलते हैं, जो इस स्थान की प्राकृतिक समृद्धि को और भी बढ़ाते हैं।

नवीन का मन हुआ कि वह अपना शेष जीवन इस दिव्य और शांत स्थल पर बिताए। फिर भी, किसी बड़े निर्णय पर पहुंचने से पहले उसने कुछ दिन वहीं ठहरने का निश्चय किया, ताकि वह इस स्थान की दिव्यता और शांति का पूरा अनुभव कर सके।

इसके लिए वह एक उपयुक्त स्थान की तलाश में निकल पड़ा। गुफा के पीछे की सुंदर घाटी और जंगल ने उसे विशेष रूप से आकर्षित किया। नवीन ने जंगल के एक शांत और सुरम्य स्थान को अपना अस्थायी निवास बनाने का निर्णय लिया, जहां वह इस आध्यात्मिक और प्राकृतिक वातावरण का भरपूर आनंद ले सके।

नवीन अपने दिनचर्या का अधिकांश समय व्यास गुफा के प्रांगण और उसके आसपास के क्षेत्रों में व्यतीत करता था। इसके अतिरिक्त, वह गुफा के पीछे स्थित गांव की तलहटी और साथ के जंगलों में भी घूमते हुए अपना समय व्यतीत करता था। इस प्राकृतिक और आध्यात्मिक वातावरण में उसे गहरी शांति और आनंद का अनुभव हुआ।

इसके साथ ही यहां रहते हुए उसने ध्यान, योग, अध्ययन और अभ्यास करना भी आरम्भ कर दिया। इससे वह धीरे-धीरे अपने भीतर एक अनोखी शांति का अनुभव करने लगा। वह समझने लगा कि दर्द और पीड़ा तो जीवन का एक अभिन्न अंग हैं, और उनसे जुड़कर रहना ही प्राणी मात्र के दुख का

कारण बनता है।

उसने वहाँ आने के पश्चात संन्यासियों जैसा परिधान अपना लिया था और उसका खान-पान और जीवनशैली भी सात्विक हो गई थी। अब अपने आचरण और व्यवहार से वह पूर्णतः ही एक संन्यासी के रूप में परिवर्तित हो चुका था।

माणा गांव में रहते हुए नवीन को लगभग एक वर्ष हो चुका था। इस मध्य उसने वहां के निवासियों के साथ अच्छा परिचय स्थापित कर लिया था। माणा गांव के लोग अपने धार्मिक और आध्यात्मिक स्वभाव के लिए प्रसिद्ध हैं। वे हमेशा अपनी परंपरागत जीवन शैली और सांस्कृतिक मूल्यों को अत्यंत महत्व देते हैं। अपने पूर्वजों की परंपराओं को जीवित रखना और उन्हें आगे बढ़ाना उनके जीवन का महत्वपूर्ण अंग है।

उसका गांववासियों के साथ गहरा आत्मीय संबंध बन गया था। जब उसने बताया कि वह अब गांव में ही रहकर भक्ति और साधना करते हुए अपना शेष जीवन व्यतीत करना चाहता है, तो सुनकर सभी गांव वासियों को बहुत प्रसन्नता हुई। गांव वालों ने मिलकर गांव के बाहर में स्थित एक प्राचीन मंदिर के पास की कुटिया को फिर से व्यवस्थित किया और उसमें उसके रहने की व्यवस्था कर दी।

वहाँ रहकर भक्ति भावना के साथ अभ्यास करने से उसे अपने भीतर अद्वितीय शांति और स्थिरता का अनुभव होने लगा। इस अनुभूति ने उसके मन और आत्मा में विशेष प्रकार के संतुलन और सकारात्मकता को जन्म दिया, जिससे वह अपने भीतर अपूर्व शांति का अनुभव करने लगा। उसे ईश्वर के साथ गहरे आत्मीय संबंध और आत्मिक संतुष्टि का आभास होने लगा।

भक्ति भावना के प्रभाव से उसके हृदय में विनम्रता और सहृदयता का उदय हुआ। उसके भीतर अन्य प्राणियों के प्रति दया, करुणा और प्रेम की

भावना जाग्रत हो गई। अब उसे हर स्थान और हर व्यक्ति में ईश्वर का ही स्वरूप दिखाई देने।

भक्ति से उसे यह बोध हुआ कि संपूर्ण संसार एक ही दिव्य शक्ति का अंश है। इस बोध ने उसकी दृष्टि को व्यापक और समग्र बना दिया। धीरे-धीरे सांसारिक सुख-दुख का प्रभाव उस पर कम होने लगा, और उसका जीवन एक उच्च उद्देश्य की ओर प्रेरित होने लगा।

इस प्रकार की अनुभूतियाँ भक्ति के मार्ग पर चलने वाले व्यक्ति के आध्यात्मिक विकास के प्रारंभिक लक्षण हैं। ये अनुभव उसे आत्मिक उन्नति और मोक्ष की ओर अग्रसर करते हैं।

उसके अपनत्व और धार्मिक विचारों से प्रभावित होकर गाँव के कई लोग संध्या समय उससे मिलने आते और उसके संग से आनंदित होते थे। वे विभिन्न धार्मिक और व्यावहारिक विषयों पर उसकी राय लिया करते थे।

समय व्यतीत होता गया। नवीन को वहां रहते हुए दो वर्ष हो गए थे। अब, वह अपने अतीत को लगभग भूल चुका था। वहाँ का जीवन ही उस का संसार बन गया था, और वहीं जीवन का उद्देश्य।

एक दिन, एक साधु महाराज घूमते हुए घूमते उस गांव में आये और उनकी भेंट नवीन से हुई। नवीन उन से मिलकर बहुत प्रसन्न हुआ और आदरपूर्वक उन्हें अपने साथ अपनी कुटिया में ले आया।

वहाँ बहुत देर तक दोनों के मध्य देर तक चर्चा और मंत्रणा होती रही। साधु महाराज ने वह रात नवीन की कुटिया में ही बिताई। बहुत देर तक विभिन्न विषयों पर उनकी बातचीत होती रही।

साधु महाराज को सन्यासी जीवन अपनाए हुए लगभग तीस वर्ष हो चुके थे। उन्होंने नवीन को बताया कि वे बाल्यावस्था से ही वैराग्य की ओर प्रेरित थे और उन्होंने सांसारिक जीवन को त्यागने और साधु- संन्यासी का

जीवन अपनाने का उनका दृढ़ निश्चय कर लिया था। ईश्वरीय ज्ञान प्राप्त करने, अपने जीवन को सार्थक और परिष्कृत करने और मोक्ष के मार्ग पर आगे बढ़ने का संकल्प उन्होंने किशोरावस्था में ही कर लिया था।

चर्चा के मध्य साधु महाराज ने नवीन के अतीत के विषय में भी जानना चाहा और पूछा कि वह इस गाँव में कितने समय से रहते हुए संन्यासी जीवन व्यतीत कर रहा था।

दूसरे दिन सुबह, नित्यकर्म से निवृत्त होने के पश्चात, साधु महाराज ने फलाहार के समय नवीन से कुछ दिन उनके साथ चलकर साथ रहने का प्रस्ताव रखा। उनकी कुटिया सतोपंथ झील के किनारे एक जंगल में स्थित थी, जो माणा गांव से लगभग 25 किलोमीटर दूर थी। यह झील अपने त्रिकोणीय आकार, पवित्रता और प्राकृतिक सुंदरता के लिए देश भर में प्रसिद्ध है।

साधु महाराज के प्रस्ताव को नवीन ने सम्मानपूर्वक स्वीकार कर लिया। हालांकि सतोपंथ झील तक की यात्रा कठिन थी, क्योंकि वहाँ तक पहुँचने के लिए ऊबड़- खाबड़ और पथरीले पहाड़ों से गुजरना पड़ता था। साधु महाराज तो ऐसे मार्गों के अभ्यस्त थे, लेकिन नवीन के लिए यह यात्रा चुनौतीपूर्ण अवश्य थी। फिर भी, उसने साहसपूर्वक हर चुनौती को सहते हुए यात्रा जारी रखी।

साधु महाराज ने नवीन की कठिनाई को भांपते हुए कहा, "वत्स, मैं समझता हूँ कि यह यात्रा कठिन है, लेकिन कठिनाइयों का सामना करते हुए ही मोक्ष की प्राप्ति संभव है।"

नवीन ने मुस्कुराते हुए उत्तर दिया, "जी महाराज, मैं ठीक हूँ।"

दोनों आपस में बातें करते हुए कठिन मार्ग पर निरंतर आगे बढ़ते जा रहे थे। साधु महाराज ने चलते-चलते नवीन को सतोपंथ झील के विषय में कुछ

और भी जानकारी दी। उन्होंने बताया कि सतोपंथ झील धार्मिक और आध्यात्मिक दृष्टि से अत्यंत महत्वपूर्ण स्थल है। इसे देवताओं और ऋषियों की पवित्र भूमि माना जाता है।

साधु महाराज ने कहा, "ऐसा माना जाता है कि यहां त्रिमूर्ति, ब्रह्मा, विष्णु और महेश, ने ध्यान किया था। इस स्थान का महत्व इतना अधिक है कि भक्त और साधक यहाँ अपने आध्यात्मिक उत्थान के लिए आमतौर पर यहां आते हैं।'

उन्होंने यह भी बताया कि इस क्षेत्र में मुख्यत, भोटिया समुदाय के लोग रहते हैं। ये लोग प्रकृति के समीप और पारंपरिक जीवन शैली को अपनाते हैं। ऊंचाई और कठोर मौसम की चुनौतियों के मध्य उनका जीवन अनुकूलित हो गया है। उनकी सादगी और प्रकृति के प्रति श्रद्धा यहां की पवित्रता में योगदान देती है।

"इन लोगों की आजीविका का प्रमुख साधन भेड़ और याक पालन है। इनके वस्त्रों में भेड़ और याक की ऊन का उपयोग होता है, जो कठोर ठंड से बचाने के लिए अत्यंत उपयोगी है। इनकी ऊन से बने वस्त्र और हस्तशिल्प इनके पारंपरिक कौशल का भाग हैं। यहां खेती सीमित होती है, और ठंडी जलवायु में टिकने वाली आलू जैसी फसलें ही उगाई जाती हैं।

चलते-चलते साधु महाराज ने बताया, "इस क्षेत्र में औषधीय पौधों की बहुतायत है, जिन्हें स्थानीय लोग एकत्रित करके औषधि के रूप में उपयोग करते हैं। उनके भोजन में सामान्यतः दाल, रोटी और सब्जियां अधिक होती हैं। ठंडे क्षेत्रों में चाय और दूध का विशेष महत्व है।"

उन्होंने आगे कहा, "यहां के स्थानीय लोग तीर्थयात्रियों की सहायता करने और धार्मिक आयोजनों में भाग लेने के प्रति हमेशा उत्सुक रहते हैं। सतोपंथ झील के आसपास रहने वाले लोग प्रकृति के साथ संतुलन स्थापित

करते हुए जीवन जीते हैं और उनके सरल जीवन से सामुदायिक भावना झलकती है। कठिन परिस्थितियों में भी उनकी आत्मनिर्भरता और संतोषजनक जीवनशैली प्रेरणादायक है।" यूँ ही बातें करते हुए वे कठिन मार्ग पर आगे बढ़ते चले गए।

इस प्रकार बातें करते हुए, जब वे अपने निवास पर पहुँचे, तो उस समय तक रात हो चुकी थी। आसमान में चाँद पूरी शान से चमक रहा था और दृश्य अत्यंत ही आकर्षक और सुहावना लग रहा था।

"यहाँ का वातावरण वास्तव में ही अलौकिक है। यहाँ स्वर्ग की अनुभूति होती है," साधु महाराज ने कहा और कुटिया का द्वार खोलकर एक ओर रखे दीपक को जलाया, "यात्रा से तुम थक गए होंगे और अब विश्राम करना चाहते होंगे। लेकिन यदि मन हो तो थोड़ी देर बाहर के नयनाभिराम दृश्य का अवलोकन कर सकते हो। अन्यथा, यहाँ चटाई और कंबल रखा है। वहाँ बैठ जाओ और थोड़ी देर आराम कर लो। उसके पश्चात भोजन करेंगे और विश्राम करेंगे।"

"जी महाराज, जैसी आपकी आज्ञा," नवीन ने कहा और चटाई पर बैठकर कंबल ओढ़ लिया। यद्यपि ग्रीष्म ऋतु होने के कारण ठंड अधिक नहीं थी, लेकिन झील के पास होने और नए स्थान पर होने से नवीन को हल्की ठंडक का अनुभव हो रहा था।

(16)

आज नवीन को उनके साथ रहते हुए दो दिन हो गए थे। साधु महाराज के साथ रहते हुए नवीन की उन से कई विषयों पर बातचीत हुई। लेकिन आज रात जो साधु महाराज ने उससे कहा, उससे वह कुछ विचलित सा हो गया। उन्होंने उसे उसके सन्यास ग्रहण करने का कारण और अतीत के विषय में सब कुछ पूछा। उसने भी सब कुछ बता दिया।

सुन कर साधु महाराज कुछ गंभीर हो गए। कुछ देर तक तो वह खामोश रहे फिर कुछ सोचते हुए उन्होंने नवीन से कहा, "वत्स सुनो ! तुम कल से मेरे साथ हो। हमारे मध्य विभिन्न विषयों पर तरह तरह की बातें हुईं। मेरा विचार है कि अभी जीवन में तुम्हें बहुत से कर्तव्यों का निर्वाह करना शेष है। तुम्हारे साथ जो कुछ भी हुआ, इस सब को समझ पाना हमारे वश में नहीं है। शायद यह एक प्रकार से प्रकृति द्वारा तुम्हारे मनोबल की, तुम्हारी दृढ़ता की परीक्षा ही थी। तुम्हें इस से विचलित नहीं होना चाहिए। तुम्हें जीवन में हर पथ पर दृढ़ बने रह कर निरंतर चलते रहना चाहिए। यही तुम्हारा मार्ग है और इसी पर चलना ही तुम्हारे लिए श्रेयस्कर है। यही तुम्हारी नियति है।"

"आप पूर्णतया सत्य कह रहे हैं महाराज ! नियति को समझ पाना हमारे वश में नहीं है। कहते भी हैं न कि उसके किये हुए को वो ही जानता है। उसकी किसी भी कार्य विधि को समझ पाना हमारी समझ में कहाँ हो सकता है। हम तो मात्र उसके हाथ की कठपुतलियां हैं।"

'मनुष्यस्य जन्म निरुद्देश्यं नास्ति। तस्य कश्चन मन्तव्यः अस्ति। ईश्वरः मनुष्यं किञ्चिदुद्देशेनैव भुवः लोके प्रेषितवान्।'

अर्थात मनुष्य का जन्म व्यर्थ या बिना किसी उद्देश्य के नहीं हुआ है। इसका निश्चित रूप से ही एक उद्देश्य है। ईश्वर ने हर मनुष्य को किसी विशेष उद्देश्य के साथ ही इस पृथ्वी पर भेजा है।

"तुम इस पृथ्वी पर किसी उद्देश्य के लिए ही आए हो। जितने समय तक भी हमारा साथ रहा, मैंने अनुभव किया है कि तुम्हारी सनातन धर्म के प्रति जो आस्था है, और जो सकारात्मक दृष्टिकोण है, वह मानवता के कल्याण हेतु तुम्हें कार्य करने के लिए प्रेरित करता है। तुम्हारा स्थान यहां वन में नहीं है और ना ही तुम्हारा जीवन संन्यासी बनने के लिए है।

तुम्हारे लाखों प्रशंसक और पाठक हैं, जो तुम्हारे अच्छे लेखन से प्रेरणा लेते हैं। अपने लेखों के माध्यम से तुम्हें उन्हें सही दिशा दिखानी है। इसलिए मैं चाहता हूँ कि तुम वापस अपनी उसी दुनिया में लौट जाओ, जहां से आए हो।"

कुछ क्षण रुक कर उन्होंने फिर कहा, "क्या तुम सोचते हो कि हमारी यह भेंट केवल संयोगवश थी ? नहीं ! यह भेंट आकस्मिक नहीं थी। यह सब प्रारब्ध द्वारा पहले से ही तय था। उस दिव्य शक्ति की इच्छा और निर्देश पर ही मैं व्यास गुफा गया और फिर मेरी तुमसे भेंट हुई। यह उस परमसत्ता का आदेश है कि ये सब बातें मैं तुमसे कहूं।"

नवीन साधु महाराज की बातें सुनकर भीतर से विचलित हो गया। उनकी बातों ने उसे ऐसा आभास कराया कि जैसे सच में ही उसका जीवन इस उद्देश्य के लिए नहीं था। उसे समझ आया कि उसका जन्म वास्तव में किसी और ही लक्ष्य को पूरा करने के लिए हुआ है। इन्हीं विचारों में डूबे हुए ही उसके अतीत की भूली- बिसरी यादें एक बार के लिए फिर से जीवंत हो उठी।

उसे आभास हुआ कि वह अपने जीवन में वास्तव में ही भटक गया था।

साधु महाराज ने उसके भीतर उस भूली हुई चेतना को पुनः जागृत कर उस में नई ऊर्जा का संचार किया है। नवीन ने साधु महाराज के चरण स्पर्श किए और उनसे वापस जाने की अनुमति मांगी।

"हाँ, वत्स ! तुम्हें जाने की अनुमति है। लेकिन यहाँ से जाने के पश्चात शालिनी बहन से अवश्य ही मिलना। वह ईश्वरीय प्रदत्त कार्य में क्रियाशील है। जहाँ तक संभव हो, उसके कार्य में सहयोग करना," साधू महाराज ने स्नेहपूर्वक उससे कहा।

"जी महाराज ! जैसी आपकी आज्ञा," नवीन ने श्रद्धापूर्वक उन्हें उत्तर दिया।

साधु महाराज की सहमति मिलते ही, उसने अपने भीतर एक प्रकार से आध्यात्मिक लौ को प्रज्वलित होते हुए अनुभव किया। इसके पश्चात वह उनके चरण स्पर्श कर, एक नई प्रेरणा और उद्देश्य के साथ अपने जीवन के मार्ग पर वापस लौट पड़ा।

"आयुष्मान भवः!" कहते हुए साधू महाराज ने उसे आशीर्वाद दिया।

(17)

नवीन एक वर्ष से अधिक समय के अंतराल के पश्चात जब वापस लौटा, तो उसने पाया कि यहाँ का वातावरण पूर्ण रूप से परिवर्तित हो चुका था। जिस स्थान पर शालिनी बहन रहती थी, उस क्षेत्र का स्वरूप अब एक नई पहचान और छवि के साथ उभर कर सामने आया था। यह परिवर्तन उसके लिए चौंकाने वाला और अप्रत्याशित था।

नवीन को यह देखकर गहरी प्रसन्नता और आश्चर्य हुआ। साधु महाराज ने जिन बातों की ओर संकेत किया था, शालिनी वास्तव में उसी ईश्वरीय मार्ग पर आगे बढ़ रही थीं। उनका जीवन अब न केवल धर्म और आध्यात्मिकता से समृद्ध था, बल्कि वह समाज के कल्याण और जागरूकता लाने के लिए भी पूरी तरह समर्पित हो चुका था।

नवीन ने माणा गांव से लौटने के पश्चात सबसे पहले साधु महाराज के निर्देशानुसार शालिनी से मिलने का निश्चय किया। लेकिन नियति ने उसके लिए शायद कुछ और ही योजना बनाई हुई थी।

शालिनी अपने व्यस्त कार्यक्रम में विदेश गई हुई थी और अभी उस के शीघ्र ही वापस आने की आशा नहीं थी। इस कारण, नवीन चाह कर भी उस से भेंट नहीं कर सका।

इस घटनाक्रम के पश्चात, नवीन ने तय किया कि अब वह कुछ समय पश्चात शालिनी से मिलेगा और फिलहाल अपने गाँव लौटकर अपनी नई दिनचर्या में व्यस्त हो गया। इसी मध्य, उसकी भेंट स्वाति नाम की एक युवती से हुई, जो एक सामाजिक कार्यकर्ता थी।

स्वाति के पिता न केवल एक बड़े व्यापारी थे, बल्कि एक प्रतिष्ठित

सामाजिक कार्यकर्ता भी थे। वह कई अनाथाश्रमों और वृद्धाश्रमों के संरक्षक थे और समाज सेवा के कार्यों में सक्रिय भूमिका निभाते थे। उनकी पत्नी, जो मुख्य रूप से गृहिणी थीं, अपने पति की तरह परोपकार की भावना से प्रेरित होकर जरुरतमंदों की सहायता के कार्यों में संलग्न रहती थी।

उनकी दो बेटियां और एक बेटा था। बड़ी बेटी का नाम अनुप्रिया था और छोटी बेटी का नाम स्वाति था। स्वाती सबसे छोटी थी। स्वाती से बड़े बेटे का नाम अंतरिक्ष था, जिसे परिवार के लोग प्यार से आकाश कहते थे।

अनुप्रिया, पढ़-लिख कर एक सफल सॉफ्टवेयर कंपनी की संस्थापक बन गई थी और उसने कई लोगों को अपनी कंपनी में व्यवसाय प्रदान किया था। उसकी जालंधर में एक सिविल इंजीनियर से शादी हो गई थी और अब वह ससुराल में अपने परिवार के साथ ही रहती थी और प्रसन्न थी।

अंतरिक्ष मैकेनिकल इंजीनियरिंग करने के पश्चात अब दिल्ली के गुड़गांव में नौकरी कर रहा था। उसकी भी कुछ माह पूर्व ही शादी हो गई थी और वह अपने परिवार के साथ गुड़गांव में प्रसन्नतापूर्वक रहते हुए जीवन यापन कर रहा।

वहीं छोटी बेटी, स्वाति अपने पारिवारिक मूल्यों से बहुत अधिक प्रभावित थी और एम.ए. बी.एड. की पढ़ाई पूर्ण करने के पश्चात सामाजिक कार्यों और गतिविधियों में ही व्यस्त रहती थी। उसका कई स्वयंसेवी संस्थाओं से सम्बन्ध था।

स्वाति के माता-पिता ने कभी भी उसकी सोच या गतिविधियों में किसी प्रकार का हस्तक्षेप करने का प्रयास नहीं किया। उन्होंने उसे स्वतंत्र रूप से अपनी इच्छा अनुसार अपने जीवन में आगे बढ़ने और अपने निर्णय स्वयं लेने के लिए प्रेरित किया।

स्वाति समाज के जरुरतमंद बच्चों की शिक्षा और उनके पुनर्वास के

लिए हमेशा कार्यरत रहती थी। उसके जीवन में संघर्षों की कमी नहीं थी, लेकिन उसने अपने दुखों को अपने उद्देश्यों को समर्पित कर दिया था।

धीरे धीरे नवीन और स्वाति के मध्य घनिष्ठता बढ़ने लगी। स्वाति ने उसे प्रेरित करती थी कि वह अपनी लेखनी के माध्यम से समाज के कल्याण के लिए काम करे। उसने सुझाव दिया कि नवीन उन समस्याओं को उजागर करे, जो आमतौर पर अनदेखे रह जाते हैं। उसका यह सुझाव नवीन के लिए प्रेरणादायक साबित हुआ।

नवीन ने अपनी लेखनी को समाज के दबे- कुचले वर्गों की आवाज़ बनाने का माध्यम बनाया। उसने ऐसी कहानियां लिखना आरम्भ की, जो संघर्षों और समस्याओं से जूझते हुए अपने जीवन में सकारात्मक परिवर्तन लाने वाले पात्रों पर आधारित थीं। इन कंपनियों ने समाज में जागरूकता फैलाने और प्रेरणा देने का कार्य किया।

स्वाति और नवीन ने मिलकर एक नई संस्था की स्थापना की, जो साहित्य, शिक्षा और आध्यात्मिकता के माध्यम से समाज में जागरूकता लाने का प्रयास करती थी। यह संस्था सामाजिक और सांस्कृतिक परिवर्तन के लिए एक प्रभावशाली मंच बन गई।

स्वाति के साथ इस साझेदारी ने नवीन को एक नया दृष्टिकोण और जीवन जीने का उद्देश्य दिया। उसने समझ लिया कि जीवन में आने वाले दर्द को एक सकारात्मक दिशा में परिवर्तित करना ही इसका सच्चा समाधान है। इस नई शुरुआत ने न केवल उस के जीवन में, बल्कि समाज के प्रति भी उसकी सोच में एक नई प्रेरणा का संचार किया।

इसी प्रकार समय बीत रहा था कि एक दिन नवीन को एक दुखद समाचार प्राप्त हुआ। जब शालिनी विदेश से भारत लौट रही थी, तो दिल्ली एयरपोर्ट से वापस घर आते समय उसकी गाड़ी दुर्घटनाग्रस्त हो गई। इस

दुर्घटना में शालिनी को गहरी चोटें आईं, और फिलहाल वह अस्पताल में भर्ती थी। इस घटना को हुए दस दिन से अधिक हो गए थे, लेकिन दुर्भाग्य से नवीन को इसका पता इतने दिन पश्चात चला।

समाचार सुनते ही नवीन व्याकुल हो गया। उसका मन हुआ कि तुरंत ही उड़ कर वह अपनी शालिनी के पास पहुंच जाए और उसके दुख- दर्द में सहभागी बने।

अगले ही दिन नवीन ने स्वाति से इस विषय में बात की और उसे बताया कि वह शालिनी से मिलने जाने वाला है। स्वाति शालिनी के विषय में इतना ही जानती थी कि वह नवीन की बचपन की मित्र थी और कभी उसके पड़ोस में रहती थी।

हालांकि, जब से स्वाति, नवीन के संपर्क में आई थी, वह उसकी भावनाओं और व्यक्तित्व से इस प्रकार प्रभावित हुई थी कि वह भीतर ही भीतर उससे प्यार करने लगी थी। लेकिन नवीन की गंभीरता और स्वभाव को देखते हुए, उसने कभी अपने इस प्रेम को उसके सम्मुख प्रकट नहीं किया।

जब स्वाति ने नवीन की शालिनी के प्रति इतनी गहरी चिंता और व्याकुलता देखी, तो उसे अपने मन में शालिनी के प्रति हल्की-सी डाह का आभास हुआ, लेकिन दिल की भावनाएं दिल में ही मचल कर रह गईं।

जब नवीन शालिनी से मिलने अस्पताल पहुँचा, तो उसे वहाँ से यह समाचार मिला कि शालिनी की अवस्था गंभीर होने के कारण उसे पी.जी.आई. चंडीगढ़ स्थानांतरित कर दिया गया है। अब उस का उपचार वहां के विशेषज्ञ डॉक्टरों की निगरानी में हो रहा था। इस समाचार से वह निराश होकर वापस लौट आया। लौटकर उसने पूरी स्थिति के विषय में स्वाति को बताया। यह सुनकर स्वाति को भी बहुत दुख हुआ।

कभी-कभी ऐसा होता है कि जिसे हम दिल से चाहते हैं, उसकी प्रसन्नता के लिए अपनी भावनाओं का भी त्याग कर देते हैं। स्वाति भी इसी भावना से प्रेरित होकर नवीन को ढाढ़स बंधाने का प्रयास करने लगी और उसने नवीन को पी.जी.आई. चंडीगढ़ में शालिनी से मिलने जाने के लिए उत्साहित किया।

नवीन के दिल में स्वाति के प्रति कोई विशेष भावना नहीं थी। वह उसे केवल अपना मित्र और सहयोगी ही मानता था। फिर भी, स्वाति का इस तरह अधिकारपूर्वक उसे शालिनी से मिलने जाने के लिए प्रोत्साहित करना उसे अच्छा लगा। अगले ही दिन वह रात की 'वोल्वो' बस से चंडीगढ़ के लिए रवाना हो गया और पी. जी.आई. पहुँच गया।

पी. जी. आई. में शालिनी के वार्ड तक पहुँचना उसके लिए कठिन नहीं था, लेकिन वार्ड में जाकर उसके स्पेशल रूम में शालिनी से मिलना इतना आसान भी नहीं था। वहां कड़ी सुरक्षा व्यवस्था थी, और डॉक्टरों का सख्त निर्देश था कि शालिनी को अधिक लोगों से न मिलने दिया जाए। सुरक्षा गार्डों ने उसे कमरे के बाहर ही रोक दिया।

नवीन ने उन्हें समझाने का प्रयास कि वह शालिनी का पुराना परिचित है, लेकिन इसके उपरांत भी उसे भीतर जाने की अनुमति नहीं मिली। तब उसने डॉक्टरों से मिलने की प्रार्थना की और उन्हें बताया कि वह शालिनी का पुराना परिचित है और उनकी जीवनी भी लिख चुका है और उसका इस समय शालिनी से मिलना बहुत आवश्यक है, तो डॉक्टरों ने थोड़ी देर के लिए उससे मिलने की अनुमति दे दी।

डॉक्टरों ने उसे बताया कि शालिनी को बहुत गंभीर चोटें आई हैं। उसकी कूल्हे की हड्डी टूट गई है, जिसमें स्टील की रॉड डाली गई हैं। इसके अतिरिक्त, उसे संक्रमण भी हो गया है, इसलिए उसे मानसिक तनाव से

बचाने के लिए ही यह सम्पूर्ण व्यवस्था की गई है।

जब नवीन ने शालिनी को इस अवस्था में देखा, तो वह पल भर के लिए स्तब्ध रह गया। उसके मन में बार बार एक ही प्रश्न उमड़ने लगा कि ऐसी अवस्था में वह शालिनी के लिए क्या कर सकता है? इस विचार ने उसे गहरी सोच में डाल दिया।

जब नवीन ने भीतर प्रवेश किया तो शालिनी उस समय सो रही थी। हल्की आहट से उसकी आंखें खुल गईं। सहसा ही नवीन को सामने देखकर उसके चेहरे पर एक मंद मुस्कान खिल गई। धीरे से उसने अपनी आँखों से संकेत करते हुए, हल्के स्वर में उसे अपने पास बुलाया।

शालिनी के इस मूक निमंत्रण ने नवीन के मन को गहराई तक छू लिया। उसकी आँखें भर आईं और गला रुंध गया। कुछ कहने का प्रयास किया, लेकिन शब्द उसके होठों से बाहर नहीं निकल सके। किसी अदृश्य शक्ति से बंधा हुआ, वह यंत्रवत सा चलता हुआ शालिनी के पास चला आया और उसके बेड के पास आकर खड़ा हो गया।

शालिनी ने हल्की सी मुस्कान के साथ अपनी चादर के नीचे से अपने हाथ को निकाला और पास रखे स्टूल की ओर संकेत करते हुए कहा, "आओ, नवी !"

नवीन खामोशी से शालिनी के बेड के पास रखे हुए स्टूल पर बैठ गया। उस समय उसकी आँखें भर आई थीं। उसने शीघ्र अपनी से जेब रुमाल निकालकर अपने आंसू पोंछ लिए।

शालिनी ने हल्के शिकायत भरे स्वर में कहा, "बहुत देर पश्चात हमारी याद आई, नवी ! कहाँ चले गए थे?"

नवीन ने गहरी सांस ली और उत्तर दिया, "यह एक लंबी कहानी है, शालू। पहले तुम पूरी से तरह ठीक हो जाओ, फिर समय मिलने पर आराम

से कुछ तुम्हें बताऊंगा। लेकिन तुम ये बताओ कि अब तुम्हारा स्वास्थ्य कैसा है?"

शालिनी ने हौले से मुस्कराते हुए कहा, "मैं पूर्णतया स्वस्थ हूँ। बस, थोड़ी चोटें आईं हैं। शीघ्र ही वह भी ठीक हो जाएंगी।"

"लेकिन ये सब हुआ कैसे?" नवीन ने चिंतित होकर पूछा।

शालिनी एक बार फिर हौले से हँस दी और बोली, "नियति में यही लिखा था, शायद।"

"फिर भी, शालू?"

शालिनी ने गंभीर होते हुए कहा, "हम एयरपोर्ट से अपने निवास स्थान पर लौट रहे थे, तब न जाने कहाँ से एक ट्रक आ गया, उसका संतुलन बिगड़ गया और वह हमारी गाड़ी से आकर टकरा गया।"

"तुम्हारे साथ ऐसा नहीं होना चाहिए था, शालू। तुम तो इतनी अच्छी, धार्मिक और उच्च विचारों वाली लड़की हो। तुमने अपने जीवन में ना तो कभी किसी का अहित किया है, और ना ही कभी किसी के विषय में ऐसा सोचा है। फिर तुम्हारे साथ ऐसा क्यों हुआ शालू? क्यों हुआ,?"

नवीन की आवाज भर्रा गई। उसने रुक कर एक गहरी सांस ली, लेकिन अपने आंसुओं को रोक नहीं पाया। उसकी आँखों से बहते हुए आँसू उसके गालों पर लुढ़कने लगे।

"काश ! ये सब तुम्हारे बजाय मेरे साथ हुआ होता," उसने भावुकता हो कर कहा। उसके शब्दों में स्पष्ट गहरा दर्द और असहायता झलक रही थी।

"क्यों ? तुम्हारे साथ ऐसा क्यों होता? तुम तो मेरे सच्चे हितैषी और अच्छे मित्र हो।" शालिनी ने मुस्कुराते हुए कहा। उसकी आँखों में हल्की सी चमक झलक रही थी।

नवीन ने उसे देखा और मन ही मन सोचा, 'तुम तो मेरी जान हो मेरी

शालू। मेरा प्यार हो। मेरा सब कुछ हो। मेरे जीने का सहारा हो। तुम्हें हल्की सी खरोंच भी आए, तो भला मैं यह सब कैसे सहन कर सकता हूं?'

वह यह सब कहना चाहता था, लेकिन शब्द होंठों तक पहुंचने से पहले गले में ही अटक गए। चाह कर भी वह कुछ नहीं कह सका। उसकी भावनाएं उसकी आंखों में स्पष्ट झलक रही थीं, लेकिन उसने स्वयं को शांत बनाए रखा।

कुछ क्षण दोनों के मध्य खामोशी छाई रही। वातावरण में एक विचित्र सी शांति थी, जिसे शब्दों की कोई आवश्यकता नहीं थी। थोड़ी देर पश्चात शालिनी ने ही इस मौन को तोड़ा, "नवी ! मैं तुमसे एक बात कहना चाहती हूँ।"

नवीन ने तुरंत उत्तर दिया, "शालू, तुम मुझसे कुछ भी कह सकती हो। तुम्हें पूछने की आवश्यकता ही नहीं।" उसकी आवाज़ अभी भी भावनाओं से भरी हुई थी।

शालिनी ने गहरी सांस ली और कहा, "नवी ! मैं चाहती हूं कि यदि कल को मुझे कुछ हो जाए, तो तुम अपने मार्ग से कभी विचलित ना होना।"

यह सुनते ही नवीन के चेहरे पर चिंता की लकीरें उभर आईं। उसने तुरंत ही शालिनी का हाथ थाम लिया और भावुक हो कर कहा, "नहीं ! यह कैसी बातें कर रही हो तुम? तुम्हें कुछ नहीं होगा। अभी तो तुम स्वयं ही कह रही थी कि तुम शीघ्र ही स्वस्थ हो जाओगी। डॉक्टर भी यही कह रहे हैं। भगवान करे तुम्हें मेरी भी आयु लग जाए।"

शालिनी ने हल्की मुस्कान के साथ उत्तर दिया, "हाँ, मैं वही कह रही थी। डॉक्टर भी यही कहते हैं। लेकिन, नवी, जीवन में कुछ भी हो सकता है। अब तुम ही देखो, मैं एयरपोर्ट से घर लौट रही थी। किसे पता था कि मार्ग में मेरे साथ ऐसी दुर्घटना हो जाएगी।"

नवीन ने उसकी बात काटते हुए दृढ़ स्वर में कहा, "लेकिन मैं जानता हूँ कि तुम्हें कुछ नहीं होगा।"

शालिनी ने फिर से मुस्कुराया। उसकी मुस्कान में एक अनकहा विश्वास और गहराई छिपी हुई थी।

"नवी ! क्या तुम अब भी मुझसे उतना ही प्यार करते हो, जितना कभी कहा करते थे?" शालिनी ने उसकी ओर देखते हुए धीमे स्वर में पूछा।

शालिनी के इस अप्रत्याशित प्रश्न ने नवीन को भीतर तक झकझोर दिया। पल भर के लिए वह चुप हो गया। उसने शालिनी का हाथ और भी मजबूती से पकड़ लिया, मानो उसे कभी न छोड़ने का वादा कर रहा हो। उसकी आँखें फिर से छलछला आईं। वह अपनी भावनाओं को संभालने के प्रयास में शालिनी की ओर देखने से बचने लगा।

कुछ क्षणों पश्चात, उसने गहरी सांस लेते हुए कहा, "मैं अभी भी उसी स्थान पर खड़ा हूँ, शालू !"

शालिनी के चेहरे पर उभर आई मुस्कान एक गहरी वेदना में बदल गई, लेकिन उसने कुछ नहीं कहा।

नवीन ने आगे कहा, "मैं एक कदम भी उस स्थान से आगे नहीं बढ़ पाया हूँ शालू। आज भी मेरी आँखों के सामने वही शालू है, वही समां, और वही हमारा बचपन। सारे दोस्त, सब कुछ वैसा ही है।"

शालिनी अब नवीन की ओर नहीं देख सकी। शायद उसकी आँखें भी नम हो गई थीं। कमरे की निस्तब्धता में दोनों के मध्य के भाव उनके शब्दों से कहीं अधिक मुखर थे।

'प्यार तो मैं भी तुमसे बहुत करती थी, नवी ! और अब भी करती हूँ। लेकिन मेरी विवशता यही थी कि मैं कभी भी तुम्हारे सामने अपने दिल की बात कहने का साहस नहीं कर सकी।' शालिनी ने अपनी पलकों को धीरे-

धीरे मूँदते हुए सोचा।

'मैं जानती थी कि जात-पात और सामाजिक बंधनों के कारण हमारी शादी कभी संभव नहीं हो सकती थी। इसलिए मेरे जीवन का जो निश्चित लक्ष्य था, उसके कारण मैं इन बंधनों को तोड़ने का साहस नहीं जुटा सकी।'

उसकी आँखों के कोनों पर हल्की नमी छलक आई, लेकिन वह अपनी भावनाओं को छुपाए रखने के प्रयास में अपने विचारों में ही खोई रही।

(18)

नवीन को शालिनी के पास रहते हुए दस दिन हो चुके थे। इन दिनों में वह हर पल उसके साथ ही रहा। लेकिन शालिनी की स्थिति में कोई विशेष सुधार नहीं हो पाया था। डॉक्टर नियमित रूप से उसका निरीक्षण और उपचार कर रहे थे। वे आश्वासन भी दे रहे थे कि शालिनी शीघ्र ही पूरी तरह स्वस्थ हो जाएगी, लेकिन उसके स्वस्थ होने में इतना समय लगना चिन्ता का कारण बनता जा रहा था।

एक दिन नवीन ने एक डॉक्टर से पूछ ही लिया, "डॉक्टर साहब ! अन्तत: शालिनी के स्वास्थ्य में सुधार क्यों नहीं हो रहा ?"

नवीन की बात सुनकर डॉक्टर कुछ गम्भीर हो गया। उसने सर्वप्रथम नवीन से शालिनी के साथ उसके सम्बन्ध के विषय में पूछा। जब नवीन ने उसे बताया कि वह शालिनी बचपन का मित्र है और उसके पड़ोस में ही रहता है, तो तब डॉक्टर ने उसे स्पष्ट रूप से बताया कि शालिनी को छाती में गंभीर इन्फेक्शन हो गया है, जो धीरे धीरे गले की ओर फैलता जा रहा है। हम इसे रोकने का प्रयास कर रहे हैं, जो कि नियंत्रण में नहीं हो रहा। इस बात को हम शालिनी जी को नहीं बताना चाहते। इससे उनका मनोबल गिर जाएगा और फिर इस रोग पर नियंत्रण कर पाना ओर भी कठिन हो जाएगा।

सुनकर नवीन पर मानों वज्रपात सा हो गया। कुछ क्षण तक तक तो वो सकते की सी ही अवस्था में रहा। उसकी समझ में ही नहीं आ रहा था कि यह क्या हो गया है। ऐसी अवस्था में उसे क्या करना चाहिए।

दूसरी ओर शालिनी इस सब से अनभिज्ञ थी। लेकिन उस के मन में एक विचित्र सी बेचैनी अवश्य ही थी। ना जाने क्यों इस समय वह अपने

आप को एक प्रकार से असहाय सा महसूस कर रही थी।

कभी-कभी इंसान अपने ही दिल के बोझ तले बहुत विवश हो जाता है। जो बात वह बरसों से अपने दिल में छुपाए बैठी थी, उसे अब वह नवीन से कहना चाहती थी, लेकिन कहने का साहस नहीं कर पा रही थी।

वह चाहती थी कि वह नवीन को बता दे कि वह भी उससे उतना ही प्यार करती है, जितना कि वह उससे करता है, लेकिन बरसों से अपने भीतर दबाई गई भावनाओं को सहसा ही नवीन के समक्ष प्रकट कर देने का विचार उसे घबरा देता था। शालिनी के दिल और दिमाग में जैसे एक प्रकार का द्वंद्व सा चल रहा था। बोलने की चाह और चुप रहने का भय।

उसी समय शालिनी के माता- पिता कमरे में भीतर आ गए। वो कहीं बाहर मार्केट में गए हुए थे। उन्होंने नवीन को देखा, परंतु उसे पहचान नहीं सके। बहुत समय पश्चात वह नवीन से मिल रहे थे। शालिनी ने उनका नवीन से परिचय कराया, "मम्मी, यह नवीन है। नवीन भारद्वाज। आप इसे जानती हैं। याद है? हम इनके पड़ोस में रहते थे।"

शालिनी के माता-पिता ने ध्यान से नवीन को देखा और पहचानने का प्रयास करने लगे। तभी, जैसे शालिनी की मम्मी को कुछ याद आ गया हो, उनके चेहरे पर प्रसन्नता और पहचान के भाव उभर आए।

"अरे, हाँ ! यह वही नवीन तो नहीं है? जो बहुत भोला-भाला और प्यारा सा हुआ करता था। बहुत सीधा-साधा लड़का ?" उन्होंने उत्साह में पूछा।

उनके इतना कहते ही कमरे का वातावरण परिवर्तित हो गया। सभी के चेहरे पर मुस्कान खिल गई।

"लेकिन अब यह वैसा नहीं है। यह अब एक बहुत बड़ा लेखक बन चुका है। इसके न केवल हमारे देश में, बल्कि विदेशों में भी हजारों पाठक हैं,"

शालिनी ने मुस्कुराते हुए कहा।

"अच्छा! लेकिन हमें तो यह अब भी वैसा ही लग रहा है, वही भोला-भाला और सरल सा बालक," शालिनी की मम्मी ने हंसते हुए उत्तर दिया।

"क्या तुम चंडीगढ़ में ही रहते हो, बेटा?" शालिनी के पिता ने पूछा।

"नहीं, अंकल ! मैं यहां सिर्फ शालिनी से ही मिलने आया हूँ। जब मुझे इनकी दुर्घटना के विषय में पता चला, तो मुझसे रहा नहीं गया और मैं यहां चला आया," नवीन ने सहजता से कहा।

"चलो, यह तो बहुत अच्छा हुआ बेटा, कि तुम यहां आ गए। तुम्हारे आने से हमें भी तुम्हारा कुछ सहयोग मिल जाएगा और शालिनी बिटिया को भी अच्छा लगेगा।" शालिनी की मम्मी ने स्नेह से कहा।

अभी उनके मध्य यह सब वार्तालाप चल ही रहा था कि नियमित निरीक्षण के लिए कुछ डॉक्टर कक्ष के भीतर आ गए। इससे उनका वार्तालाप वहीं पर थम गया।

डॉक्टरों ने शालिनी का निरीक्षण किया और जांच के लिए उसके रक्त का नमूना लिया। इसके पश्चात वे कक्ष से बाहर चले गए। उनके साथ नवीन भी बाहर आ गया, जबकि शालिनी के माता-पिता कक्ष के भीतर ही रुक गए।

नवीन ने बाहर आकर एक डॉक्टर से पूछा, "डॉक्टर साहब, अब शालिनी का स्वास्थ्य कैसा है?"

डॉक्टर ने संक्षेप में उत्तर दिया, "हम पूरा प्रयास कर रहे हैं। शेष सभी भगवान के ही हाथ में है।" यह कहकर वे आगे बढ़ गए।

उसी समय नवीन के मोबाइल पर एक कॉल आई। उसने फोन देखा-स्वाति की कॉल थी।

"नवीन ! मैं बाहर हूं, आकर मुझे ले जाओ। सिक्योरिटी वाले मुझे भीतर नहीं आने दे रहे हैं।"

"क्या तुम पी.जी.आई. में हो?"

"हां, मैं वार्ड के बाहर ही खड़ी हूं।"

"लेकिन तुम यहां क्यों आई हो?"

"यह सब बातें पश्चात से। पहले मुझे यहां से ले चलो।"

"ठीक है, मैं आ रहा हूं।"

स्वाति पिछले कुछ दिनों से लगातार फोन पर शालिनी के स्वास्थ्य के विषय में पूछ रही थी। उसने एक- दो बार शालिनी से मिलने की इच्छा भी जताई थी, लेकिन नवीन ने उसे आने से मना कर दिया था। आज बिना बताए उसके आ जाने से नवीन को आश्चर्य हुआ।

जब नवीन वार्ड के बाहर पहुंचा तो स्वाति उसे देखकर मुस्कुरा दी। नवीन ने सिक्योरिटी गार्ड को समझाया कि स्वाति भी शालिनी के परिवार की परिचित है और इसे भीतर आने दें तो तब उन्होंने स्वाति को भीतर जाने दिया।

"तुमने बिना बताए सहसा यहां आने का क्या सोचा?" नवीन ने पूछा।

"क्या मैं शालिनी बहन से मिलने नहीं आ सकती?" स्वाति ने मुस्कुराते हुए उत्तर दिया।

"बिल्कुल आ सकती हो, लेकिन मुझे पहले बता तो देती। मैं स्टेशन पर ही तुम्हें लेने आ जाता।"

"यदि बता देती तो तुम मुझे आने से रोक देते।"

नवीन इस पर चुप हो गया। दोनों चुपचाप चलते हुए कक्ष के भीतर प्रवेश कर गए।

उस समय शालिनी कमजोरी के कारण सो रही थी। नवीन ने उसके

माता-पिता को स्वाति के विषय में बताया,"यह मेरे साथ मेरे ही कार्यालय में काम करती है और शालिनी के अस्वस्थ होने का समाचार सुनकर उससे मिलने आई है।"

"बहुत अच्छा किया, बेटा ! शालिनी भी तुमसे मिलकर बहुत प्रसन्न होगी," उसकी मम्मी ने मुस्कुराते हुए कहा।

उसी समय शालिनी की नींद खुल गई। उसे जागता देख उसकी मम्मी ने उससे स्वाति का परिचय कराया, "यह स्वाति है, नवीन के साथ काम करती है।"

स्वाति का परिचय पाकर शालिनी के चेहरे पर प्रसन्नता छा गई। दोनों ने हाथ जोड़कर एक-दूसरे का अभिवादन किया। शालिनी ने उसे प्यार से अपने पास बुलाकर अपने बिस्तर के किनारे बैठा लिया और मुस्कुराते हुए उससे बातें करने लगी।

(19)

शालिनी का स्वास्थ्य दिन प्रतिदिन बिगड़ता जा रहा था। अब तो उससे कुछ पल बात करना भी कठिन हो गया था। डॉक्टर ने अंततः शालिनी के माता-पिता को भी स्थिति की गंभीरता से अवगत करा दिया। इससे उसके परिवारजनों में गहन चिंता व्याप्त हो गई थी और सभी उदासी में डूबे हुए थे। जबकि उसके अनुयायी और भक्तजन भी उसके शीघ्र स्वस्थ न होने से निराश और खिन्न थे।

उस समय शालिनी के माता- पिता थोड़ी देर के लिए बाहर टहलने गए हुए थे। कमरे में केवल नवीन, स्वाति और शालिनी ही उपस्थित थे। स्वाति, शालिनी के पास बैठी हुई थी, और वे दोनों आपस में बातें कर रही थी। थोड़ी देर पहले ही डॉक्टर शालिनी का निरीक्षण करने के लिए आए थे। उन्होंने शालिनी की जांच की और रक्त का नमूना लिया। जब डॉक्टर अपना काम पूरा करके वापस जाने लगे, तो नवीन उनके साथ-साथ बातचीत करता हुआ कमरे से बाहर चला गया।

साथ साथ चलते हुए नवीन ने डॉक्टर से पूछ ही लिया, "डॉक्टर साहब, इतने दिन हो गए हैं, लेकिन शालिनी के स्वास्थ्य में कोई सुधार नहीं हो पा रहा है। उसकी स्थिति दिन- प्रतिदिन और बिगड़ती जा रही है। ऐसी परिस्थिति में आप हमें क्या परामर्श देना चाहेंगे?"

डॉक्टर ने नवीन की बात सुनकर गंभीरता से उत्तर दिया, "देखिए सर ! हम अपनी ओर से भरसक प्रयास कर रहे हैं कि शालिनी जी शीघ्र अतिशीघ्र स्वस्थ हो जाएँ। शालिनी जी के स्वास्थ्य को लेकर हम भी चिंतित हैं। लेकिन, हमें लग रहा है कि उन्हें अत्यधिक संक्रमण हो गया है, जो उनके

भीतर फ़ैल गया है। जिससे उन्हें दी जा रही दवाइयों का उन पर कोई भी प्रभाव नहीं हो पा रहा।"

नवीन ने चिंता जताते हुए पूछा, "इसका क्या कारण हो सकता है, डॉक्टर साहब?"

डॉक्टर ने उत्तर दिया, "लगता है कि शालिनी जी ने अपने जीवन में दवाइयों का बहुत कम या शायद ही कभी प्रयोग किया है। इसलिए अब, जब उनके उपचार में इन दवाओं का उपयोग किया गया, तो उनका उनके शरीर पर प्रतिकूल प्रभाव पड़ रहा है।"

नवीन ने फिर पूछा, "तो ऐसी स्थिति में हमें क्या करना चाहिए?"

"बस भगवान से ही प्रार्थना करें और उस पर भरोसा रखें" डॉक्टर ने भारी मन से उत्तर दिया।

इतना कहकर डॉक्टर वहां से चला गया। सुनकर नवीन स्तब्ध हो गया। उसकी समझ में कुछ भी नहीं आ रहा था कि वह अपनी शालू के लिए करे भी तो क्या करे। रह रहकर उसके मन में यही विचार आ रहे थे कि, 'काश ! मेरे जान देने से भी मेरी शालू स्वस्थ हो सकती। किसी प्रकार मेरी शालू स्वस्थ हो जाये।'

उसकी बेबसी उसे भीतर ही भीतर से तोड़ रही थी। कितना विवश था वह, अपनी शालू के लिए कुछ भी कर सकने में असमर्थ। उसके विचारों का सैलाब थमने का नाम ही नहीं ले रहा था।

'कितना चाहकर भी कुछ नहीं कर पा रहा हूँ।' यह सोचते-सोचते नवीन की आंखें आंसुओं से भर आईं।

उस समय स्वाति, शालिनी के पास बैठी हुई थी और शालिनी निरंतर उसकी ओर ही देख रही थी। उसके चेहरे पर गहन विचारों की छाया थी, मानो वह किसी गहन चिंतन में डूबी हुई थी। सहसा, शालिनी ने हल्की सी

मुस्कान के साथ हाथ के इशारे से स्वाति को अपने और समीप आने को कहा। स्वाति, जो पहले से ही शालिनी के पास बैठी थी, उसके ओर समीप हो गई और उसके चेहरे के पास झुक गई।

शालिनी ने स्वाति का हाथ थाम लिया और धीमे स्वर में कहने लगी, "स्वाति !"

"कहिए दीदी ! क्या चाहिए आपको?" स्वाति ने स्नेहपूर्वक पूछा।

शालिनी ने धीमे स्वर में कहा, "स्वाति ! मैं तुमसे एक बात कहना चाहती हूँ। मानोगी?"

इतना कहते हुए शालिनी की सांस फूल गई।

"आप कहकर तो देखो दीदी !" स्वाति ने भावुक होते हुए रुंधे स्वर में उत्तर दिया।

कुछ क्षणों के लिए शालिनी, स्वाति की ओर अपलक सी निहारती रही। उसके चेहरे पर एक विचित्र –सी दर्द भरी मुस्कान थी, जिसमें दर्द और संतोष के मिश्रित भाव झलक रहे थे। उसकी आंखें भीगी हुई थीं।

"क्या बात है दीदी ? बताइए ना, क्या कहना चाहती हैं आप?" स्वाति ने व्याकुलता से पूछा।

"स्वाति ! मुझे पता है कि मेरा अंत समय अब समीप ही है।"

"नहीं दीदी ! ऐसा क्यों कह रही हैं आप ? आप शीघ्र ही पूर्णतया स्वस्थ हो जाएंगी।"

"नहीं स्वाति ! मैंने इस संसार में अपने कर्तव्यों को पूर्ण निष्ठा से निभाने का प्रयास किया है। अब मेरा समय आ गया है कि मैं अपने परम पिता परमेश्वर के पास उसके धाम में लौट जाऊं। वो मुझे बुला रहे हैं।

"नहीं दीदी ! डॉक्टर ने ऐसा कुछ नहीं कहा। वो कह रहे थे कि आप शीघ्र ही स्वस्थ हो जाएंगी। नवीन ने भी मुझे कल ही बताया था कि आप

पहले की अपेक्षा अब अधिक स्वस्थ हैं।" स्वाति ने दृढ़ता से कहा।

शालिनी ने वेदनामय मुस्कान के साथ सिर हिलाया और फिर गहरी सांस लेते हुए स्वाति का हाथ दृढ़ता से पकड़ लिया।

"मुझे एक बात बताओ, स्वाति।"

"पूछिए दीदी," स्वाति ने उत्सुकता से कहा।

"नवीन तुम्हें कैसा लगता है?" सहसा ही शालिनी ने स्वाति की आँखों में देखते हुए पूछा।

"जी ! मैं कुछ समझी नहीं दीदी !" स्वाति, शालिनी के इस अप्रत्याशित प्रश्न से चौंक सी गई। उसे समझ नहीं आ रहा था कि वह क्या उत्तर दे।

"मैंने सरल शब्दों में पूछा है स्वाति बहन कि नवीन तुम्हें कैसा लगता है।" शालिनी ने अपनी बात स्पष्ट करते हुए कहा, लेकिन इतना कहते-कहते ही उसकी सांस फिर से फूलने लगी।

"जी ! अच्छे हैं।" स्वाति ने धीमे और सहमे हुए स्वर में उत्तर दिया।

"हाँ ! वह तो है ही बहुत अच्छा। वह बहुत ही निश्छल स्वभाव का, सीधा-सादा और सरल युवक है," शालिनी ने हल्की सी मुस्कान के साथ स्वाति से कहा।

थोड़ी ही देर रुक कर वह फिर बोली, "एक बात कहना चाहती हूँ तुमसे स्वाति..." कहते-कहते वह ठहर गई और स्वाति की ओर गहन और प्रश्न भरी दृष्टि से देखने लगी।

"क्या दीदी ?" स्वाति ने उत्सुकता और चिंता से पूछा।

"नवीन...बहुत अकेला हो गया है, स्वाति। वह भीतर से पूरी तरह से टूट गया है। मैं चाहती हूं कि तुम उसका सहारा बन जाओ।" कहते कहते शालिनी का स्वर भावुक हो गया।

"मेरी तुमसे प्रार्थना है स्वाति कि....उसका ध्यान रखना। शायद अब इस दुनिया में उसका कोई भी अपना नहीं है।" यह कहते हुए शालिनी की आँखों से झर-झर आँसू बहने लगे।

इसके पश्चात, उन दोनों के मध्य बहुत देर तक एक गहरी निस्तब्धता छाई रही। दोनों ही अपने-अपने विचारों में खोई हुई थीं। ऐसा प्रतीत हो रहा था कि स्वाति की आंखें भी आंसुओं से भरी हुई थीं।

जबकि शालिनी ने अपने भर आए आंसुओं को जैसे अपने भीतर ही सोख लिया था।

शालिनी की आंखें धीरे-धीरे बंद हो रही थीं। ऐसा लग रहा था जैसे उसकी सांसें थम गईं हों, दिल की धड़कन ठहर सी गई हो। एक पल के लिए ऐसा आभास हुआ कि वह किसी गहरी शांति में डूबकर चिर निद्रा में लीन हो गई हो।

नवीन कब से आकर उन दोनों के पास खड़ा था, लेकिन शायद स्वाति और शालिनी में से किसी को भी उसके आने का आभास नहीं हुआ था। नवीन ने धीरे-से स्वाति के कंधे पर हाथ रखा। स्वाति ने चौंककर उसकी ओर देखा, उसकी आंखें अब भी आंसुओं से भरी थीं।

नवीन ने शालिनी को देखते हुए अपने होठों पर उंगली रखकर स्वाति को चुप रहने का संकेत किया। इशारों में ही उसने कहा, "शालिनी शायद सो रही है अब, इसे सोने दो।"

तभी शालिनी के माता-पिता भी कमरे के भीतर आ गए। उन्हें देखकर नवीन और स्वाति ने संकेतों से सी उन्हें बताया कि शालिनी आराम कर रही है। सभी ने यह मान भी लिया कि शालिनी इस समय गहरी और सुकून भरी नींद में है।

हालांकि, यह अब कोई भी नहीं जानता था कि शालिनी अब एक

ऐसी गहरी नींद में सो चुकी है, जिससे वह कभी नहीं जागेगी।

(20)

'देश की प्रसिद्ध उपदेशक और धार्मिक कथा वाचक, जिन्हें श्रद्धालु प्यार से 'शालिनी बहन' के नाम से जानते थे, का निधन हो गया।' यह समाचार सभी समाचार पत्रों और टीवी चैनलों में प्रमुखता से प्रकाशित हुआ था। उनके प्रशंसक देश ही नहीं, विदेशों में भी रहते थे। उनके आकस्मिक निधन से स्वदेश सहित विदेशों में रह रहे उनके चाहने वालों में भी शोक की लहर दौड़ गई है।

शालिनी के निधन से नवीन को गहरा धक्का लगा था। वह मानसिक रूप से इस सदमे को सहन नहीं कर पा रहा था, भले ही वह पिछले पंद्रह दिनों से शालिनी के साथ ही रहा था और डॉक्टरों ने उसे शालिनी की स्थिति के विषय में स्पष्ट रूप से बता भी दिया था। फिर भी शालिनी के अंतिम संस्कार के बाद वह टूट सा गया था। उसके बाद से वह स्वयं को पूरी तरह से अकेला और टूटा हुआ सा महसूस कर रहा था। एक तरह से वह चुप सा ही हो गया था।

स्वाति यह सब देख और समझ रही थी। शालिनी से भेंट के बाद वह इस बात को भली भांति समझ गई थी कि नवीन और शालिनी के बीच गहरे आत्मिक प्रेम संबंधों का अंकुर फूट चुका था। हालांकि, किन्हीं लौकिक या अलौकिक कारणों से वो इसे एक-दूसरे के सामने व्यक्त नहीं कर पाए थे। शायद वो दोनों भीतर-ही-भीतर इस दबाव को महसूस कर रहे थे और इसी कारण घुट कर रह गए थे।

स्वाति यह तो जानती थी कि नवीन और शालिनी बचपन के साथी थे और उनके बीच एक गहरा लगाव था, लेकिन वह इस बात से अनजान थी

कि उनका यह आकर्षण आत्मीय संबंधों की पराकाष्ठा तक पहुँच चुका था।

स्वाति, नवीन का भरसक ध्यान रखने का प्रयास करती थी। वह उसकी मानसिक अवस्था से भली-भांति परिचित थी और इसे गहराई से समझती भी थी।

स्वाति को शालिनी से किया हुआ वह वायदा बार-बार याद आता था, जो उसने अपने जीवन के अंतिम क्षणों में उससे लिया था। उसे सब कुछ स्पष्ट रूप से याद आने लगा था, वह पल, जब शालिनी ने उससे कहा था...

'नवीन...बहुत अकेला हो गया है, स्वाति ! वह भीतर से पूरी तरह टूट चुका है। उसका सहारा बन जाओ।' कहते हुए शालिनी की आवाज भावुक हो गई थी।

'मेरी तुमसे प्रार्थना है....उसका ध्यान रखना। शायद अब इस दुनिया में उसका कोई भी अपना नहीं है।' यह कहते हुए शालिनी की होठों से रुलाई फूट निकली और उसकी आँखों से झर-झर आँसू बहने लगे।

उसके मन में नवीन के दिल पर लगे घावों पर मरहम लगाने की तीव्र इच्छा थी। स्वाति को नवीन के प्रति सहानुभूति थी, और इस सहानुभूति में उसके प्रति छुपा हुआ प्यार भी सम्मिलित था, किन्तु पहले तो वह संकोच के कारण और अब परिवर्तित परिस्थितयों के कारण वह अपनी भावनाओं को प्रकट नहीं कर पाई थी। वह सोचती थी कि समय व्यतीत होने के साथ ही जब नवीन की पीड़ा कुछ कम हो जाएगी और उसे भी अकेलेपन का एहसास होने लगेगा तो तब वह उसके समक्ष शालिनी के साथ किए हुए वायदे और अपनी भावनाओं को उसके समुक्ष प्रकट करने का प्रयास करेगी।

इस घटना को घटे हुए एक माह से अधिक का समय व्यतीत हो चुका था, लेकिन नवीन के लिए मानो समय ठहर सा गया था। अब उसका कुछ भी करने को मन नहीं करता था। सारी दुनिया ही अब उसे सूनी और

अजनबी सी लगने लगी थी।

स्वाति इस समय स्वयं को असहाय और विवश महसूस कर रही थी। उसकी मर्यादित सीमाएं उसके सामने थीं, जिन्हें वह लांघने का साहस नहीं कर पा रही थी। नवीन ने कई बार पहले ही उसके समक्ष स्पष्ट कर दिया था कि वो दोनों सिर्फ अच्छे मित्र हैं और हमेशा मित्र ही बने रहेंगे। ऐसे में, वह चाहकर भी अपने प्रेम का इज़हार कैसे कर सकती थी?

यह मनुष्य की विचित्र विडंबना है कि जीवन में चाहे कुछ भी न मिले, लेकिन इच्छाओं के पूरे होने की आस अंत तक बनी रहती है। फिर चाहे यह उसे मिल पाए या ना मिल पाए, और जब यह आस समाप्त हो जाती है, तो वह गहरी और असहनीय पीड़ा का अनुभव करता है।

एक दिन अचानक, नवीन के नए प्रकाशक शैल चतुर्वेदी उनसे मिलने आ पहुंचे। उन्होंने शालिनी के निधन पर गहरी संवेदना व्यक्त की और फिर बातचीत के दौरान अपने उद्देश्य पर आ गए। वे नवीन के समक्ष एक नई पुस्तक का प्रस्ताव लेकर आए थे। शैल जी ने बताया कि शालिनी पर आधारित जीवनी ने काफी लोकप्रियता और सफलता हासिल की थी। अब वे चाहते थे कि नवीन शालिनी के प्रमुख व्याख्यानों और संस्मरणों पर आधारित एक और पुस्तक लिखें।

हालांकि, नवीन ने शैल चतुर्वेदी के इस प्रस्ताव को विनम्रतापूर्वक अस्वीकार कर दिया। इसका पहला कारण यह था कि वह पहले ही एक पुस्तक लिखने का समझौता कर चुके थे और अपने पूर्व प्रकाशक रमाकांत जी के साथ कोई अनुचित व्यवहार नहीं करना चाहते थे। दूसरा और सबसे महत्वपूर्ण कारण यह था कि नवीन स्वयं को मानसिक रूप से इस स्थिति में नहीं पा रहे थे कि वे शालिनी से संबंधित कोई और पुस्तक लिख पाते। उनकी भावनात्मक स्थिति उन्हें ऐसा करने की अनुमति नहीं दे रही थी।

शैल चतुर्वेदी के चले जाने के बाद, स्वाति ने नवीन को समझाने का प्रयास करते हुए कहा, "नवीन ! इस तरह साहस खोना किसी भी दृष्टि से उचित नहीं है। आखिर ऐसा कब तक चलेगा? जाने वाले तो चले जाते हैं, यह इस दुनिया का नियम है। सभी यहां आने के बाद एक न एक दिन जाने के लिए ही हैं। और तुमने ही तो कहा था कि शालिनी ना केवल दुनिया के लिए प्रेरणा का स्रोत थी, बल्कि मेरे लिए भी एक स्वाति स्रोत ही थी।,

"तुम ठीक ही कह रही हो, स्वाति ! लेकिन शालिनी मेरे बचपन की एक बहुत अच्छी दोस्त थी। जैसा कि मैंने पहले भी कहा था, वह मेरे लिए प्रेरणा का स्रोत थी। उसके जाने से मुझे गहरा दुख हुआ है। अब मैं अपने आप को इस दुनिया में नितांत अकेला सा महसूस करने लगा हूँ।"

"नवीन! एक बात कहूं तुमसे?" स्वाति ने संकोच भरे स्वर में दोबारा कहा।

"हाँ, स्वाति ! कहो ना। ऐसा क्या है जो तुम्हें कहने में झिझक हो रही है?" नवीन ने मुस्कुराते हुए कहा, मानो उसे पहले ही अंदाजा हो कि स्वाति के मन में कुछ गंभीर चल रहा है।

स्वाति थोड़ी देर चुप रही। उसने एक गहरी सांस ली और अपने विचारों को संयोजित किया।

"नवीन, तुम्हारी स्थिति देखकर मन दुखी हो जाता है। तुम्हारे दुख को समझना आसान नहीं है, परंतु मैं यह कह सकती हूं कि तुम्हें जीवन में आगे बढ़ने की आवश्यकता है। शालिनी तुम्हारे लिए हमेशा प्रेरणा थी, और मुझे विश्वास है कि वह चाहती थी कि तुम इस दुख से उबरकर कुछ बड़ा करो।"

नवीन ने स्वाति की ओर देखा। उसकी आंखों में नमी थी, परंतु एक हल्की सी चमक भी, मानो उसने स्वाति की बातों में सच्चाई और अपनेपन को महसूस किया हो।

"स्वाति, तुम ठीक कह रही हो। लेकिन यह इतना आसान नहीं है। शालिनी की यादें और वह खालीपन हर पल मुझे जकड़ लेता है। मैं कोशिश तो करता हूं, परंतु स्वयं को बहुत अकेला महसूस करता हूं।"

स्वाति ने नवीन का हाथ थामा और हल्के स्वर में कहा, "नवीन, तुम अकेले नहीं हो। मैं हमेशा तुम्हारे साथ हूं। लेकिन अगर तुम अपने अंदर की पीड़ा को बाहर निकालोगे और जीवन को फिर से अपनाओगे, तो शायद यह अकेलापन धीरे-धीरे खत्म हो जाएगा।"

यह सुनकर नवीन कुछ सोच में पड़ गया। स्वाति के शब्दों ने उसके मन में कहीं एक हलचल पैदा कर दी। उसने महसूस किया कि शायद यही वह बात थी, जो उसे सुननी चाहिए थी।

"नवीन ! मैं जानती हूँ कि राधिका दीदी के जाने के बाद से ही तुम बिल्कुल अकेले हो गए थे। उस कठिन समय में शायद शालिनी बहन ने तुम्हें सहारा और प्रेरणा दी, जिससे तुमने अपने आप को संभालने की कोशिश की। लेकिन अब, उनके जाने के बाद, मैं महसूस कर रही हूं कि तुम फिर से पूरी तरह से अकेले और टूटे हुए हो।"

क्षण भर के लिए स्वाति रुक गई, नवीन के चेहरे की ओर देखते हुए। फिर गहरी सांस लेते हुए उसने कहा, "ऐसे में क्या मैं तुम्हारा सहारा नहीं बन सकती? क्यों न हम दोनों मिलकर इस जीवन के कठिन मार्ग पर साथ-साथ चलने का प्रयास करें?"

"नवीन यह सुनकर कुछ गंभीर हो गया। कुछ क्षण खामोश रहकर उसने गहरी साँस ली और कहा, 'स्वाति, वह इंसान वास्तव में बहुत भाग्यशाली होता है, जिसे किसी का सच्चा और निस्वार्थ प्यार मिलता है। लेकिन मैं.......मैं तो टूटी हुई डाल पर बैठा वो पंछी हूँ, जिसके जीवन में केवल भटकाव और अस्थिरता ही लिखी है।" कहते- कहते वह कुछ पल के

लिए ठहर गया।

"इस दुनिया में मेरा कोई अपना नहीं है। राधिका मेरे जीवन में आई थी, उसके सहारे मैंने फिर से जीवन में आगे बढ़ने का प्रयास किया था। लेकिन वह भी जल्दी ही मेरा साथ छोड़ गई। अब तुम ही बताओ, मैं अपने आप को कितना भाग्यशाली मानूं?"

"मैं मानती हूँ कि तुम्हारे जैसे अच्छे इंसान के साथ भाग्य ने अच्छा नही किया है, किंतु इस सब से हार कर कोई जीवन जीना तो नहीं छोड़ देता। इस दुनिया में आये हैं तो यूँ हम जीवन में हार तो नहीं मान सकते।

उसने धीरे से आगे कहा, "तुम्हारी दोस्त शालिनी भी तो दूसरों को सिखाती थी कि जीवन की हर बाधा का साहस के साथ सामना करो। फिर शालिनी का सबसे करीबी दोस्त इतनी जल्दी जीवन से हार कैसे मान सकता है?

स्वाति ने उसकी ओर सहानुभूति भरी नज़रों से देखा और कहा, "नवीन, मैं मानती हूँ कि तुम्हारे जैसे अच्छे इंसान के साथ भाग्य ने अच्छा नहीं किया। लेकिन इसका मतलब यह नहीं कि हार मानकर जीवन जीना छोड़ दिया जाए। इस दुनिया में हम सिर्फ हारने के लिए तो नहीं आए हैं।"

उसने धीरे से आगे कहा, "तुम्हारी दोस्त शालिनी भी तो दूसरों को सिखाती थी कि जीवन की हर बाधा का साहस के साथ सामना करो। फिर शालिनी का सबसे करीबी दोस्त इतनी जल्दी जीवन से हार कैसे मान सकता है?"

नवीन ने उसकी बात का कोई उत्तर नहीं दिया।

"मैं मानती हूँ नवीन कि तुम्हारे जैसे अच्छे इंसान के साथ भाग्य ने अच्छा नही किया है, किंतु इस सब से हार कर कोई जीवन जीना तो नहीं छोड़ देता। इस दुनिया में आये हैं तो यूँ हम जीवन में हार तो नहीं मान सकते।

तुम्हारी दोस्त, 'शालिनी बहन' भी तो दूसरों को मार्ग में आई हर बाधा को साहस के साथ सामना करने की प्रेरणा देती थी। फिर उसका दोस्त इतनी शीघ्र अपने जीवन से हार कैसे मान सकता है ?"

स्वाति ने उसकी खामोशी को तोड़ते हुए कहा, "हमें जीवन में आगे बढ़ना ही होगा, नवीन। हम दोनों साथ मिलकर हर बाधा का सामना करेंगे। बस, तुम मुझे अपने साथ चलने की अनुमति दे दो। मैं वादा करती हूँ, मैं कभी भी तुम्हें निराश या उदास नहीं होने दूंगी।"

सुनते ही नवीन की आँखें भर आईं। उसने पलकों को कसकर बंद कर लिया और गहरी साँस लेते हुए खुले आसमान की ओर देखने लगा। ऊपर, बादलों के कुछ टुकड़े धीरे-धीरे वायुमंडल में तैर रहे थे। शायद इन्हीं बादलों का सहारा पाकर उसकी आँखों से आँसू छलक पड़े और गालों पर लुढ़कने लगे।

स्वाति ने यह देखा तो उससे सहन नहीं हुआ। उसने एक कदम आगे बढ़कर नवीन का चेहरा अपने आँचल में छुपा लिया और उसे ज़ोर से अपने आगोश में भींच लिया। मानो वह यह तय कर चुकी थी कि अब वह उसे कभी भी अपने से दूर नहीं होने देगी।

लेखक की अन्य रचनाएं